Éric Neveu

Les Destins de Julien

Roman

Mentions légales

Ce livre est une œuvre de fiction. Les noms et les personnages sont issus de l'imagination de l'auteur. Toute ressemblance avec des personnes existantes ou ayant existé serait pure coïncidence.

Autoédition Éric Neveu 66750 Saint-Cyprien

Dépôt légal : février 2025

ISBN : 978-2-9598037-6-5

Correction : Sophie Doré

Maquette : Plume en main

À mon épouse
À nos cinq filles

Sunny, yesterday my life was filled with rain
Sunny, you smiled at me and really eased the pain
Bobby Hebb

Avertissement

Ce roman comporte des passages sur des sujets sensibles tels que le viol et les agressions physiques. Ces contenus peuvent être difficiles à lire pour des personnes ayant subi des traumatismes de même nature.

Prélude

10 mars 2011

Depuis le temps qu'il en rêvait !

Quelques jours plus tôt, Julien avait enfin vaincu sa profonde timidité, cette réserve presque paralysante, lorsqu'il s'agissait d'aller au-devant des autres, et en particulier des filles. Mais là, après de longs mois d'hésitation, le jeune homme avait pris son courage à deux mains et il avait invité Aurore à l'accompagner à un concert. Excellente initiative puisqu'elle avait accepté !

D'aussi loin que Julien s'en souvînt, son caractère introverti l'avait toujours accompagné, tel un compagnon rassurant. Cependant, au fil des années, cela devenait gênant. Il avait un blocage au plus profond de lui qu'il ne s'expliquait pas. La peur de l'échec ? Non, pas vraiment, Julien était par ailleurs plutôt de nature téméraire. La crainte d'être déçu ? Oui, certainement compte tenu de son idéalisation d'une relation amoureuse. Mais surtout,

Julien s'inquiétait : en faisant le premier pas, comment s'assurer du consentement ? Fallait-il le demander explicitement ? Julien ne décryptait pas les signaux faibles : regard, gestuelle, sourire complice, petit rire, toucher léger... Dans les quelques rares relations intimes que le jeune homme avait vécues, il n'avait fait que répondre, sans grande conviction, à des avances très directes.

En outre, Julien appréhendait sa propre réaction. Comment se comporterait-il en cas de refus ? Il ressentait intérieurement une ambivalence enfouie entre sa douceur naturelle et cette angoissante violence qui habitait ses affreux cauchemars. Quoi qu'il en soit, à presque vingt ans, Julien rêvait du grand amour, pas de relations sans lendemain.

Dans la salle d'eau du petit studio qu'il occupait chez ses parents dans le chic arrondissement du 8e à Marseille, Julien s'affairait à son rasage selon un rituel qui lui était propre. Tout d'abord, il s'observait dans le miroir. Pas par narcissisme, car le jeune homme se trouvait sans relief, ni beau, ni moche, juste quelconque. Pourtant ses yeux, chocolat noir avec une pointe d'éclat doré, lui conféraient un regard perçant et mystérieux, chargé d'interrogations. Son visage harmonieux, plutôt rond avec de belles joues, son menton volontaire, son teint légèrement mat, son abondante chevelure noire et bouclée, dégageaient une rassurante expression de douceur modérant la force de son regard. Toutefois, Julien était complexé par les traces d'une acné juvénile et, surtout, par ses incisives qu'il jugeait trop écartées. Son sourire en souffrait, restant souvent trop discret, juste suggéré par une légère fossette sur la joue droite. Une fois vérifiée l'absence de nouvelle éruption boutonneuse, Julien rasait avec précaution les quelques poils sortant du cadre autorisé d'une barbe de trois jours, entretenue quotidiennement au millimètre près. Julien était fier de sa pilosité généreuse, mais sans excès, et toujours bien taillée. Cela lui donnait confiance, le rassurait sur sa virilité comme si cela lui conférait un statut d'homme à part entière. Il n'était plus question de supporter des quolibets aussi idiots que blessants, du genre « calculatrice avec trois poils sous le menton », ainsi que l'avait qualifié un de ses oncles à l'occasion d'un repas de famille voici quelques années. Pour l'heure, le vieux tonton mal léché n'occupait pas ses pensées. L'esprit de Julien était intégralement focalisé sur la soirée à venir avec la jeune fille dont il était amoureux en secret depuis septembre dernier.

Car avec Aurore, cela semblait différent. Il l'avait tout de suite remarquée six mois auparavant, lorsqu'elle avait débarqué, bien en retard, dans la salle de cours. Elle avait illuminé cette laborieuse rentrée où Julien redoublait sa première année de fac de maths au grand dam de ses parents, surtout de son père. Il avait tout de suite ressenti une attirance intense et particulière pour cette petite brune aux yeux rieurs d'un vert profond, à la voix enjouée et à l'énergie communicative. *Trop bien pour moi, c'est sûr.*

Ils avaient bien sympathisé. Arrivant de Paris, ne connaissant personne à Marseille où elle était descendue faire ses études, Aurore était venue vers lui avec simplicité et naturel. Conversations banales d'étudiants à la sortie des cours, échanges de tuyaux sur les travaux à faire, commentaires sur l'actualité, blagues à la cafétéria… Julien se sentait à l'aise avec Aurore même s'il jalousait un peu qu'elle fût aussi avenante avec les autres étudiants. Lorsqu'elle adressait un « À toute, les gars » à la cantonade, il aurait voulu en être le seul bénéficiaire. Pourtant, confortant ses espoirs, il avait le sentiment qu'envers lui elle était un peu différente. Ils échangeaient parfois de longs regards pendant les cours. Julien en était à la fois embarrassé et intrigué. Mais avant tout très motivé car, au fond, il en pinçait vraiment pour Aurore. Elle accaparait ses pensées, il rêvait de sortir avec elle. Lorsqu'il écoutait de la musique, lisait un livre ou regardait un film, toujours il s'interrogeait sur ce qu'elle-même en dirait. Et puis, il avait noté que les sombres rêves qui agitaient si souvent ses nuits étaient moins fréquents. S'endormir en pensant à Aurore chassait sans aucun doute ces sales pensées, tant mieux !

L'aisance de la jeune étudiante surprenait Julien. Lui qui avait mis des semaines à s'adresser aux autres lorsqu'il s'était retrouvé dans la même situation, un an plus tôt. Pour finir, il s'était tout de même lié d'amitié avec Thomas l'année précédente. Ce dernier avait redoublé, comme Julien, et il était, au demeurant, au moins aussi timide. Ils pouvaient passer des heures à disserter sur la littérature, sur la musique et, surtout, sur le cinéma. Oui, le cinéma, mais attention, pas n'importe lequel. Les deux compères ne donnaient pas dans l'éclectisme. Ils revendiquaient une exigence cinématographique digne des critiques de *Télérama*. Leur film culte était *Les Tontons flingueurs,* une comédie de Georges Lautner des années soixante dont ils connaissaient la moitié des répliques par cœur. Cela étant, sans s'en vanter auprès de Thomas, Julien appréciait les films populaires plus récents et il ne se lassait pas de revoir *Camping,* savourant les réparties ingénues de Patrick Chirac. Cette forme d'amitié intellectuelle leur allait bien à tous les deux, deux âmes à part comme unies pour éviter de se confronter aux autres. Cependant, ça, c'était avant, car pour Julien, l'arrivée d'Aurore offrait des perspectives plus captivantes…

À vaincre sans péril, on triomphe sans gloire. Julien s'appliqua à lui-même cette devise lorsqu'il envisagea – enfin – d'inviter la rayonnante Aurore. En l'occurrence pour assister à un concert d'Eros Ramazzotti, grande gloire de la variété italienne. Julien imaginait-il alors que c'était sa propre *storia importante* qu'il allait peut-être démarrer ?

Car ce matin, à la sortie d'un cours barbant sur les équations différentielles, Julien avait abordé Aurore pour lui proposer de l'accompagner. Elle fut à la fois ravie et surprise. Ravie, car elle aussi, et depuis longtemps, convoitait ce garçon brun aux yeux à la fois doux et perçants, mais très réservé, trop même. De nature fonceuse et directe, elle aurait pu prendre les devants, cependant, elle avait senti qu'il ne fallait pas le brusquer. Depuis la rentrée, de longs mois s'étaient déjà écoulés sans que le jeune homme prît la moindre initiative. Elle tenait à ce que cela vînt de lui, elle estimait lui avoir envoyé suffisamment de signaux : s'asseyant souvent à ses côtés dans l'amphi, lui proposant de déjeuner au resto U, discutant longuement après les cours... D'ailleurs, elle n'était pas loin de lâcher l'affaire, d'autres garçons lui tournaient autour. Par ailleurs, elle avait été surprise par la destination de l'invitation. *Eros Ramazzotti ! Non mais quelle drôle d'idée...* Bien loin de ses goûts musicaux du moment. Elle qui aimait les trucs bien rock comme les Red Hot Chili Peppers, Linkin Park, Evanescence ou Green Day. Pour la jeune étudiante, ce qu'on appelait *la variété* n'était pas son truc, même si elle appréciait écouter Noir Désir, MC Solaar et autres Louise Attaque. Mais alors là, une sorte de bellâtre italien et ses chansons d'amour un peu niaises, non, décidément, trop bizarre...

Enfin peu importe, voilà qu'il s'était enfin bougé, ce satané Julien. Cette tardive invitation était prometteuse ; aussi il n'avait pas été question de la refuser, malgré son étonnante destination artistique. Elle l'accepta sans chichi, tout en gardant pour elle, à l'encontre de sa franchise habituelle, ses jugements de valeur musicaux.

— Super, trop bien, Julien ! Tu peux passer me prendre vers dix-neuf heures à la cité U de Luminy.

Les yeux écarquillés et brillants de joie, Julien hocha de la tête.

— Ben carrément, oui, avec plaisir ! bafouilla-t-il.

— Tu seras en voiture ou on y va en bus ?

— T'inquiète, j'ai une caisse, claironna Julien d'une voix légèrement plus grave, en gonflant son torse.

La voiture de maman, pensa Aurore, laissant échapper un sourire en coin.

— Allez, vendu, ça roule. On se retrouve au terminus de la 21, conclut Aurore en enfilant sa veste avant de lui faire une bise un peu plus appuyée que d'habitude.

À l'heure dite, Julien était pile au rendez-vous, Aurore également. Pour un mois de mars à Marseille, il faisait très froid. À cause d'un violent mistral et de ses rafales glaciales, le thermomètre frisait le zéro. Julien sortit du véhicule, en fit le tour pour ouvrir la porte passager à Aurore. Elle parut surprise, ce qui lui fit regretter immédiatement son initiative. Il songea qu'Aurore jugeait ce geste de galanterie ridicule et désuet. Et dire qu'il avait même imaginé la prendre dans ses bras à ce moment-là. *Non, décidément, ça craint, j'ai encore tout faux.*

La jeune fille se glissa avec souplesse dans la petite Peugeot 207. Comme elle l'avait auguré, Julien avait emprunté la voiture de sa mère, Nadine. Certes moins classe que la nouvelle Audi Q5 de son père, Patrick, mais bien plus facile à négocier. Car même si le paternel avait accepté de lui prêter sa voiture, il rentrait bien trop tard, en vrai bourreau de travail qu'il était. De toute façon, lorsque Julien pouvait conduire la puissante Audi, c'était toujours avec son père à ses côtés, veillant au grain. Ce qui n'était pas compatible avec l'objectif poursuivi par Julien cette soirée-là.

Le concert avait lieu au Dôme, à l'autre bout de Marseille. Ni l'un ni l'autre ne connaissaient l'endroit. Malgré la taille imposante de la salle, l'ambiance leur plut d'emblée et les deux étudiants partagèrent cette impression positive en se souriant. Il y avait déjà pas mal de spectateurs dans la fosse, bien motivés, attendant avec impatience le début du spectacle. Toute la communauté italienne de la ville semblait s'être donné rendez-vous pour écouter le chanteur italien des années quatre-vingt-dix.

Au plus près de la scène, réchauffée par la foule compacte, Aurore enleva sa veste, la noua sur ses hanches, libérant ses bras nus. Puis s'exprimant sans filtre :

— Dis, Julien, c'est nos parents qui aimeraient être là - enfin les miens en tout cas ! Tu crois pas ?

— Clair, c'est plus leur génération, opina Julien, inquiet que le concert ne déplaise à son invitée. Mais bon, on verra, ça a l'air cool quand même.

En regardant autour d'eux, ils remarquèrent un public varié dont beaucoup de membres semblaient avoir la vingtaine comme eux. Ils furent rassurés, entraînés par les sifflements, les applaudissements d'impatience et les cris joyeux qui fusaient autour d'eux.

Enfin, le chanteur apparut sur la scène en déclenchant un tonnerre de vivats et les hurlements de ses fans. Vêtu d'un jean et d'un t-shirt mettant en valeur ses biceps, il était accompagné de tous ses musiciens et de deux ravissantes choristes qui animaient la salle en dansant. Après avoir salué le public en italien et en français, il démarra par *Se bastasse una canzone* puis enchaîna les nombreux tubes de sa longue carrière. Le summum de l'ambiance fut pour *Una storia importante.* Des briquets s'allumèrent dans l'obscurité. Les amoureux s'enlaçaient. Les *ti amo* jaillissaient ici ou là.

Un peu en retrait, Julien observait Aurore : les balancements de son corps, l'ondulation de ses cheveux, les mouvements gracieux de ses bras. Se retournant vers lui, elle commentait avec entrain le spectacle malgré le bruit couvrant ses paroles. Lui, mal à l'aise pour danser, se contentait de hocher la tête en signe d'acquiescement sans pour autant avoir bien entendu. Leurs bras se frôlaient, leurs épaules se touchaient au gré des vagues dansantes. Quand leurs regards se croisaient, elle lui souriait. À plusieurs reprises, il fut tenté de lui saisir la main, de la prendre dans ses bras pour l'accompagner dans une chorégraphie improvisée. Mais le garçon, comme tétanisé, n'osa pas faire le moindre rapprochement. Et pourtant Aurore n'attendait que cela. *Comment fait-il pour ne pas comprendre mes attentes ?* fulminait-elle intérieurement.

Après plusieurs rappels enflammés, les fans se calmèrent, comme s'ils s'étaient concertés afin de donner à l'artiste l'autorisation tacite de se retirer. Dans le brouhaha de la sortie, alors qu'ils étaient bousculés de toute part, Julien interrogea Aurore :

— Alors, dis-moi, t'as trouvé comment ?

— Ben écoute, au final carrément bien. Pour être très franche, je ne m'attendais pas à ça. Une sacrée ambiance, un beau spectacle. Il a la pêche, ce Eros ! Et le public à fond ! J'ai bien aimé, c'est pas que pour les vieux en fait. Bon, et toi alors ?

— Ouais, non, c'est vrai. C'est une belle surprise pour moi aussi. Pareil, pas trop mon style. Mais bon, j'ai eu la chance d'avoir deux billets. Alors je me suis dit pourquoi pas te proposer, continua Julien, comme s'il devait se justifier.

Renfilant sa veste, s'attendant à poursuivre la soirée dans un cadre plus intime, Aurore s'enquit :

— Ah trop cool, sympa ! Merci, Julien. C'était une super idée. Bon et alors on fait quoi maintenant ?

Décontenancé par son ton direct, Julien perdit ses moyens et en fit tomber ses clés par terre. Il mésinterpréta complètement le sous-entendu d'Aurore. Évitant son regard, il ramassa le trousseau et bredouilla en se redressant :

— Euh... Bon, ben en fait, euh... Eh bien, je vais te ramener.

La jeune fille, interloquée que Julien ne donnât pas suite à son ouverture implicite, murmura :

— ... Ah... OK...

Puis, vexée, elle poursuivit d'un ton pressant :

— Bon, on va pas rester plantés là toute la nuit comme des ânes. Allons-y alors...

Les incompréhensions réciproques de ce dernier échange avaient rendu l'atmosphère pesante. Un pénible silence s'installa, aussi glacial que leur véhicule qu'ils rejoignirent sans un mot, en marchant dans la nuit venteuse.

La voiture elle-même semblait contrariée. La Peugeot 207 démarra avec difficulté, comme offensée d'être restée ainsi près de trois heures dans le froid plutôt qu'au chaud dans un garage. *Tout ça pour ça !* semblait-elle se dire, tout comme les deux humains qu'elle véhiculait.

Dans cette ambiance déroutante, Aurore et Julien se perdaient l'un et l'autre dans leurs pensées. La jeune femme se retenait difficilement de soupirer et elle regardait sans le voir le morne paysage urbain jouxtant l'hôpital de la Timone qu'ils dépassaient. *C'est quoi son problème à Julien ? Cela fait des mois que j'attends ce moment avec lui. Je ne suis pas assez bien pour lui ? Pourquoi m'avoir invitée alors ? Il est bloqué ou quoi ? Cette andouille avait juste à me prendre la main, me regarder et je l'embrassais...* ruminait-elle dans son coin.

Lui essayait de se concentrer sur sa conduite, s'efforçant de paraître détaché. Très mal à l'aise, c'est tout juste s'il ne sifflait pas pour se donner une contenance. Comment ne pas être affecté par la situation ? *J'avais mis tant d'espoir dans cette soirée,* maugréait Julien en silence. Il se revoyait de si bonne humeur ce matin devant son miroir. Dire qu'il s'était imaginé arrivant à la fac le lendemain, main dans la main avec Aurore. Pourtant, il en était convaincu, Aurore était celle qu'il espérait depuis tant d'années. Celle avec qui il voulait faire sa vie, voyager, avoir des enfants. Et résultat, alors qu'il avait pris son courage à deux mains, surmontant sa timidité maladive, cette soirée était un vrai désastre.

Dans la petite voiture, ils se dirigeaient ainsi vers la cité universitaire située à l'extrémité sud de Marseille. À une vingtaine de mètres devant eux, le feu de signalisation dont ils s'approchaient passait à l'orange.

Partie I

Julien

Une arrivée impromptue

28 février 1992

Depuis le matin, à la maternité de Sallanches, c'était l'effervescence générale. À croire que toutes les futures mamans s'étaient passé le mot pour venir en vacances à la montagne à quelques jours de leur accouchement. Les sages-femmes s'activaient, passant de salle en salle. Elles savaient combien leur présence était à la fois nécessaire et rassurante pour les parents. En particulier lorsqu'il s'agissait de leur premier enfant.

Parmi eux, Nadine et Patrick.

Pour qui les voyait pour la première fois, ce jeune couple semblait mal assorti. Elle, petite, très mince, donnait l'impression de toujours vouloir se cacher. Une chevelure abondante et soyeuse, presque noire, dissimulait un joli visage, fin et à la peau satinée. Ses lèvres, plutôt charnues, conféraient à Nadine une certaine sensualité qui contrastait avec son apparence discrète. Lui, les cheveux coupés en brosse, impressionnait par sa grande taille et sa stature massive. Optimiste de nature, souvent joyeux, Patrick avait une bonne bouille. Ses joues rebondies, ses yeux charmeurs, son large sourire, estompaient l'aspect un peu patibulaire de sa légère prognathie. C'était le bon copain. Celui qui mettait de l'ambiance dans la promo, tout en étant volontaire, studieux et brillant.

Dépité de ne pas avoir pu faire de ski depuis plusieurs années, du fait de ses interminables études, Patrick avait insisté pour passer une semaine à Chamonix. Il avait bien envisagé un stage sportif, mais, c'était trop cher. Et puis il y avait Nadine et le bébé à venir. C'était tout de même un peu délicat de se barrer, seul, pour prendre du bon temps. Un pote lui avait proposé, contre un petit billet, un appartement appartenant à ses grands-parents. Certes, six heures de route pouvaient décourager, mais la neige était fraîche et la météo s'annonçait excellente. Bref, le bon plan à ne surtout pas laisser passer. Enfin, à lui le Brévent, la Flégère, les Grands Montets et pourquoi pas la vallée Blanche selon les conditions.

Quelque temps auparavant, ils se trouvaient tous les deux dans le salon de leur exigu deux-pièces en banlieue parisienne. Patrick, vautré dans le canapé défraîchi qu'il affectionnait, se projetait, enthousiaste, sur son planning sportif à venir. Nadine était fatiguée de l'entendre, encore et toujours, parler de ses futurs exploits. Elle se risqua à émettre quelques réserves.

— Mais le bébé ? objecta-t-elle doucement, presque confuse de soulever la question.

— Quoi, le bébé ? coupa Patrick en haussant les épaules. Il est prévu pour fin mars début avril, non ? On a donc de la marge.

Nadine pointa de ses deux mains son ventre rond comme un ballon sur son corps menu. Exaspérée par l'égoïsme de son compagnon, elle tenta d'argumenter.

— Enfin bon, quand même, ce n'est pas un peu risqué ? Le voyage, et tous ces mouvements ? Et moi je vais faire quoi pendant que monsieur se prendra pour Franck Piccard ? Je ne pourrai même pas skier dans mon état alors que j'adore ça !

Mais *Monsieur* n'apprécia pas la contradiction, surtout venant de Nadine, ce dont il n'avait pas l'habitude. Il s'emporta :

— Eh oh cool, Raoul, relax, Max ! Punaise, c'est dingue ça, les nanas vous n'êtes jamais contentes. Toujours à redire. Tu trouveras bien à t'occuper : piscine, sauna, bain de soleil en terrasse. Tiens, tu prendras les télécabines et on déjeunera ensemble aux restos sur les pistes. Et puis le grand air, ça te fera du bien. Au bébé aussi d'ailleurs. Ça nous changera de l'ambiance amphis et révisions de cours.

Déterminée à lui tenir tête, Nadine riposta :

— T'as toujours pas compris que le sauna c'est pas pour les femmes enceintes ! Ils l'ont dit aux séances de préparation. Tu sais, les séances où les couples viennent ensemble, le papa et la maman, quoi ! Mais toi, t'as jamais le temps, monsieur est trop occupé, monsieur a tellement à gérer. Monsieur ceci, monsieur cela. De toute façon, tu t'intéresses pas à ma grossesse ni au bébé…

Excédé, Patrick mit un terme brutal à la conversation.

— Ça va, arrête ton cinoche ! Écoute, on va pas encore s'engueuler et refaire l'histoire. Tu sais très bien que c'est un accident.

S'extirpant de son canapé après ses terribles paroles, il quitta brusquement le salon laissant sa petite amie seule avec ses inquiétudes. Lasse, assise sur un vieux pouf venant d'Emmaüs, elle resta de longues minutes perdue dans ses pensées. D'un regard absent, elle suivait les gestes lents et attentifs d'un vieux monsieur prenant soin d'un beau jasmin étoilé sur un balcon en vis-à-vis.

Les six heures de route prévues en avaient duré plus de dix. Entre les bouchons, les chutes de neige et les déviations, les galères s'étaient succédé pendant tout le voyage. Le dernier single, *Désenchantée,* de Mylène Farmer, dont Patrick était grand fan, avait accompagné une grande partie du trajet. « *Tout est chaos* » du refrain était approprié au contexte ambiant. Nadine avait même été réquisitionnée par un Patrick d'une humeur exécrable lorsqu'il avait fallu chaîner les roues. Ces dispositifs, prêtés par un autre copain, s'étaient avérés trop grands pour les petits pneus de leur Supercinq souffreteuse. Courbée dans le froid, en effort, à genoux dans la neige, devant une roue récalcitrante, tentant de suivre un mode d'emploi à moitié déchiqueté, détrempé et illisible, Nadine avait bien senti que son corps, tout comme le petit être en elle, n'appréciait pas.

Une fois arrivés sur place à Chamonix en fin de journée, il avait fallu vider la voiture. Patrick s'en était occupé pendant que Nadine avait cherché une épicerie pour faire quelques courses et préparer un repas, car ils n'avaient rien avalé depuis le matin. Le logement, qu'elle avait déjà imaginé confortable avec cheminée, solarium et vue sur les pistes, s'avérait être un studio minuscule au dernier étage d'une de ces grandes bâtisses un peu défraîchies de Chamonix. Cela ne semblait pas affecter Patrick qui s'endormit comme une masse après le dîner.

Le lendemain matin, une fois son petit déjeuner expédié, le futur père disparut s'acheter son forfait et dévaler les pistes. Après avoir lavé la vaisselle et fait un peu de rangement, Nadine sortit afin de le retrouver comme il en était convenu. Rejoindre son champion fut un chemin de croix pour la jeune femme enceinte. Patrick ayant pris la voiture pour se rendre au départ des pistes, Nadine dut emprunter une navette pour les Houches. Elle se tint debout comme elle le put, coincée, quasi étouffée, par des skieurs tout équipés. Maladroits dans leurs équipements et leurs grosses chaussures, ils s'esclaffaient de rires gras dans une véritable cacophonie. Il faisait trop chaud dans ce bus brinquebalant et puant. Le brouhaha et l'atmosphère suffocante perturbaient la future maman dont les sens étaient exacerbés par la grossesse. Entre sueur, relents digestifs, vêtements humides malodorants, Nadine avait le sentiment oppressant d'être transportée dans un vestiaire après un match. À cela s'ajoutait la conduite chaotique du chauffeur, accélérant et freinant au dernier moment, qui lui provoquait des haut-le-cœur. De la buée s'était formée sur les vitres empêchant de voir l'extérieur. On la bousculait sans ménagement malgré son ventre bien rond, proéminent, même sous les vêtements d'hiver.

L'arrivée au restaurant offrit à Nadine un peu de réconfort. Un véritable apaisement après l'oppressant calvaire que la jeune femme avait enduré jusqu'au téléphérique de Bellevue. Elle s'installa sur le belvédère et profita du panorama. Elle reconnut bien sûr le massif du mont Blanc et les aiguilles de Chamonix. Plus loin, elle apercevait la chaîne des Fiz et les Aravis. Nadine adorait le sport, que ce soit à la mer ou à la montagne. Devant ce spectacle magnifique, elle se promit d'essayer l'alpinisme et, pourquoi pas, de faire un jour le mont Blanc, si proche. Aguerrie aux sports de glisse, elle s'amusa à regarder les skieurs avec son œil expert. L'un d'eux faisait particulièrement le spectacle. En l'observant de plus près, Nadine remarqua qu'il était en position asymétrique et glissait sur une espèce de planche et non pas sur des skis.

Patrick finit par arriver dégoulinant sous sa combinaison de ski moulante aux multiples couleurs criardes. La météo, elle, tenait ses promesses avec un franc soleil sans l'ombre d'un nuage. Il enleva bonnet et masque dont il commençait déjà à avoir la marque.

Nadine, relevant ses lunettes de soleil, offrit à son homme un regard joyeux. Elle s'exclama :

— Dis, tu as vu ce gars passer là-bas sur une espèce de planche ? On aurait dit qu'il surfe sur la neige. C'est magnifique !

— Pff, y en a toujours qui sont là pour faire les marioles. Il ne peut pas faire du ski comme tout le monde celui-là, bougonna Patrick.

Il détourna ostensiblement le regard de l'attraction, vexé que sa copine lui parle de quelqu'un d'autre plutôt que de le féliciter pour sa godille.

— C'est du snowboard, reprit-il, ça vient des *States*, mais bon, je te le dis, c'est pas terrible. Moi, tranquille, je reste sur mes skis, c'est bien mieux.

— C'est quand même trop beau, c'est fascinant cette glisse, murmura-t-elle avant de reprendre d'une voix plus forte. Bon alors, t'y vas ou c'est à moi d'aller chercher deux saucisses frites dégueu à cent vingt francs ?

Après le repas, cher et quelconque, la jeune femme était redescendue seule pour retourner au petit studio. Elle avait dû se précipiter deux fois aux toilettes pour soulager sa vessie et avait ressenti des contractions. Pour autant elle n'en dit rien à Patrick lorsqu'il rentra. *De toute façon, je m'inquiète pour rien,* pensa-t-elle. Nadine garda encore pour elle toute la nuit les contractions qui se faisaient de plus en plus régulières. *Plus d'un mois avant le terme prévu, ce n'est pas possible,* continuait-elle à se rassurer.

Le lendemain matin, Patrick, déjà vêtu de sa combinaison colorée, avalait son petit déjeuner Triscottes et Nesquik dans la minuscule kitchenette du studio. Il se réjouissait à voix haute de la perspective d'aller affronter les Grands Montets.

Debout près de l'évier en train de laver une casserole, Nadine sentit soudain un liquide chaud s'écouler entre ses cuisses.

— Mon Dieu, la poche des eaux ! s'écria-t-elle.

— Quoi, quelle poche ? grommela Patrick en retour, occupé à tremper sa biscotte dans son chocolat chaud.

— Quelle andouille ! La poche des eaux, tu sais, la poche là-dedans, dit-elle, agitant ses bras et en montrant son bas-ventre, eh bien elle vient de se rompre, tu comprends ?

— Attends... Ça veut dire quoi ? C'est le bébé qui arrive ? C'est ça ? s'exclama Patrick recrachant dans le bol ce qu'il mâchouillait.

— Oui oui ! Mais pourquoi maintenant ? Pourquoi ici ? gémit Nadine affolée, entourant son ventre de ses mains.

— Faut qu'on trouve un docteur, une maternité, un hôpital. Je m'en occupe !

Plein de ressort, comme il en était toujours capable dans les situations difficiles, Patrick se précipita sur le palier et dévala l'escalier. Il rentra comme un fou dans le petit magasin de sport jouxtant l'immeuble.

— Vite, ma femme accouche, hurla-t-il, paniqué, à la jeune vendeuse.

— Sallanches, allez vite à la maternité de Sallanches, c'est à trente minutes en voiture, lui indiqua-t-elle aussitôt.

C'est ainsi que Nadine et Patrick s'étaient retrouvés tous les deux dans une salle d'accouchement. À la fois spectateurs et acteurs de l'impressionnant et efficace ballet du personnel qui se démenait pour faire venir au monde une quinzaine de nouveaux petits êtres humains qui s'étaient tous donné rendez-vous ce même jour.

Ballot, toujours vêtu de sa combinaison de ski, Patrick assistait à tous les préparatifs de l'accouchement. Au fur et à mesure que les contractions se faisaient plus intenses, Nadine souffrait de plus en plus. Bien que très stressé, Patrick observait avec intérêt les gestes techniques et précis de la sage-femme. Attentive, elle mit aussitôt le jeune père à contribution.

— Relevez-lui donc un peu la tête et encouragez-la ! lança-t-elle d'un ton à la fois autoritaire et bienveillant, tout en continuant à s'affairer à d'autres tâches. C'est quand même plus dur pour elle que pour vous, non ? Allez, allez, hop hop hop... Et faites attention, elle doit bien souffler entre les contractions et pousser vers le bas. Serrez-lui la main.

Patrick, prenant ce rôle très au sérieux, se sentit enfin concerné par cette histoire de grossesse qui s'était invitée dans sa vie sans crier gare. Il avait connu Nadine par copains interposés. Ils avaient couché ensemble après s'être recroisés par hasard à une soirée au début de l'été. Nadine était tombée enceinte. Ils en avaient discuté avec calme. Nadine ne voulait pas avorter. Bien qu'il ne partageât pas ce choix, il le respecta et ne chercha pas à la dissuader. Patrick éprouvait une forme d'admiration pour cette fille discrète, mais battante et volontaire. Avec un début de sentiment amoureux, il avait décidé d'assumer cette paternité.

Assumer certes, mais avec de la distance. Alors que la grossesse et la perspective d'un enfant apportaient du bonheur à Nadine, lui ne s'en réjouissait guère. Le costume de père lui paraissait bien grand. Il traînait sa frustration de ne pas avoir réussi à intégrer une grande école. Et voilà qu'en plus ce gamin allait lui gâcher la fin de ses laborieuses études universitaires. Il, car c'était un garçon que l'échographie avait révélé, arrivait bien trop tôt dans sa vie de jeune adulte.

Le petit garçon vint au monde le vendredi 28 février 1992 à Sallanches.

— Il s'appelle Julien, déclara Nadine avec fierté.

Nadine, attendrie, trop occupée à contempler le nouveau-né qui tétait, ne releva pas la réplique de Patrick :

— Julien, ouais…. Pff, et ce sera Juju quand il enchaînera les bêtises et fera son rebelle.

La petite famille

Décembre 1995

Nadine et Patrick avaient terminé leurs études trois ans plus tôt, juste après la naissance de leur fils Julien. Patrick avait enchaîné sur son Service national en tant que scientifique du contingent. Étant déjà père au moment de son appel, il aurait pu sans difficulté se faire exempter. Cependant, comme le jeune homme ne manquait jamais une occasion de le souligner, il lui tenait à cœur de contribuer à l'effort national. Il considérait avec un certain dédain les objecteurs de conscience et autres réformés P4 de circonstance. Patrick venait d'une famille très modeste. Refusant le fatalisme, il avait travaillé dur afin de poursuivre des études supérieures. Bien que boursier, l'étudiant acharné avait dû cumuler des petits boulots pour les financer. Grâce à sa volonté, à son intelligence et à son travail, il s'était extrait de la condition sociale à laquelle il était prédestiné. Il s'estimait redevable à l'État, à la nation française, qui lui avait donné sa chance. Ainsi, il avait tenu à prendre un poste de cadre dans une grande société d'État pour, en quelque sorte, rembourser sa dette à la nation.

Lorsque, sans crier gare, Nadine était tombée enceinte de Julien, elle avait renoncé à aller à l'étranger dans le cadre du tout jeune programme européen Erasmus. Elle avait néanmoins poursuivi ses études supérieures et réussi ses examens avec brio, malgré sa grossesse et la naissance du bébé. Puis la jeune maman avait trouvé un premier emploi dans l'enseignement. Même s'il lui en avait coûté de laisser Julien à une nourrice alors qu'il n'avait que quelques mois, Nadine tenait à rentrer sans traîner dans la vie active. Par ailleurs, dès les premiers mois, il avait bien fallu mettre du beurre dans les épinards, car ce n'était pas la maigre solde de Patrick qui faisait bouillir la marmite.

En cette fin d'année 1995, la rue grondait. Les grèves monstres des transports et les atermoiements du gouvernement Juppé ne touchaient guère les jeunes parents. D'une part, âgés de vingt-sept ans, ils se sentaient peu concernés par la réforme des retraites, principal objet des manifestations. Anticipant que bien d'autres changements viendraient encore les pénaliser, ils ne comptaient que sur eux-mêmes pour assurer leurs lointains et hypothétiques vieux jours. D'autre part et surtout, c'était la santé de Julien qui les préoccupait avant tout.

Le petit garçon, chez une nourrice puis en garderie collective depuis ses premiers mois, avait enchaîné les maladies infantiles. La varicelle, la rougeole et autres gastro-entérites avaient mis à l'épreuve son petit organisme déjà fragile. Mais lorsque le gamin contracta les oreillons, qui évoluèrent en forme grave, les deux parents vécurent des moments difficiles et angoissants. Nadine et Patrick redoutaient des atteintes neurologiques, comme une méningite. Leur quotidien était alors voué à l'enfant.

Ils n'avaient pas quitté le petit appartement de leurs années estudiantines. Situé dans la banlieue sud de Paris, le logement était un peu exigu pour un couple avec un enfant. Cependant, le loyer était très raisonnable, ce qui leur permettait d'économiser pour acheter leur future résidence. Par ailleurs, sa situation était idéale, dans un quartier agréable, à deux pas du collège où enseignait Nadine. Cela permettait à la jeune maman de revenir rapidement auprès de Julien, dès ses cours terminés. De son côté, Patrick avait négocié avec son supérieur la possibilité de travailler à mi-temps à domicile. Assis dans la cuisine, ils prenaient leur petit déjeuner alors que le petit garçon dormait enfin, après une nuit très agitée. Nadine, très pâle, les traits tirés par d'interminables veillées, s'inquiétait.

— Pauvre Julien, malgré les antalgiques et les anti-inflammatoires, il est toujours fiévreux. On voit bien qu'il souffre. Cela fait des jours et des jours. J'ai si peur, Patrick.

Ce dernier renchérit, serrant nerveusement un bol chaud de son immanquable Nesquik.

— Oui, pauvre petit bonhomme. J'espère que ce cauchemar sera bientôt fini. Et surtout qu'il n'aura pas de séquelles.

— Les docteurs semblent impuissants, il va s'en sortir ? Dis-le-moi, Patrick, dis-le, implora Nadine en triturant avec fébrilité sa tartine beurrée pour laquelle elle n'avait aucun appétit.

— Bien sûr, mon amour, il va s'en sortir. Oui, il va s'en tirer et ce sera un vrai chef plus tard dont on sera trop fiers, insista-t-il, autant pour rassurer Nadine que pour masquer sa propre anxiété.

Cette épreuve, la peur de perdre son fils, avait fait comprendre à Patrick combien, au fond, il aimait cet enfant. Il ne l'avait pourtant pas désiré et, sans doute, jusqu'alors il l'avait inconsciemment rejeté. Son regard avait changé. Son fils serait sa fierté, il ferait l'École polytechnique et deviendrait un grand patron, projetait déjà le jeune père.

Les jours suivants, la santé du petit Julien s'améliora et il sortit de sa convalescence en quelques semaines. Les deux parents partagèrent leur soulagement en accompagnant ensemble le garçonnet chez sa nourrice.

— Tu vois, c'est un battant, notre Julien ! Je te l'avais dit.

— Oui, Patrick, je suis trop contente, on va pouvoir revivre enfin tous les trois. Et dis, pourquoi pas à quatre ?

Patrick prit Nadine dans ses larges bras et, en déposant un sincère baiser amoureux sur son front, il acquiesça :

— Oui, je veux un nouvel enfant avec toi, mon amour. En revanche, faudra envisager de déménager, je pense !

Celle qu'il n'attendait pas

Janvier 1999

Bien que peu passionnée par le foot, la petite famille gardait un magnifique souvenir de l'ambiance festive de la Coupe du monde de l'été 1998. Plusieurs mois plus tard, la France était encore dans l'euphorie de la consécration des Bleus en juillet de l'année précédente. Le petit Julien, du haut de ses presque sept ans, n'avait pas été en reste pour célébrer l'évènement. Personne n'a oublié le parcours exceptionnel des Zidane, Desailly, Petit, Thuram et autres brillants joueurs menés par Aimé Jacquet jusqu'à la finale contre le Brésil. Les Bleus avaient terrassé la Seleção au score impressionnant de 3-0 au stade de France devant un public transporté et acquis. Cette belle victoire, célébrée avec ferveur par des millions de Français, avait symbolisé une éphémère unité nationale *black-blanc-beur*.

Mais en ce début 1999, c'était la perspective du changement de millénaire, le redouté passage vers l'an 2000, qui alimentait les conversations, soulevant angoisses et fantasmes. Largement relayées par les médias, de multiples prophéties étaient véhiculées par toutes sortes de prédicateurs avec la caution posthume de Nostradamus. La peur était un marché à ne pas rater. Dès 1982, pragmatique, le chanteur Prince dans son titre *1999* nous avait invités à profiter de la vie avant la fin du monde.

« There were people runnin' everywhere
Tryin' to run from the destruction
You know I didn't even care »

Nadine et Patrick n'étaient guère sensibles à ces questions existentielles. Ils avaient traversé de nombreux changements ces dernières années. Nadine avait quitté l'enseignement pour une entreprise du secteur privé, spécialisée dans la gestion des risques et dont le siège était à La Défense. Patrick occupait un poste à responsabilité dans l'informatique. Il partait souvent en déplacement pour des missions en France et à l'étranger. Ils avaient rapidement quitté leur petit logement au sud de Paris pour s'installer dans l'ouest, à Chatou, dans un bel appartement en rez-de-jardin, pour le plus grand bonheur de Julien qui profitait de ce petit espace vert privatif.

Pour l'un et l'autre, le changement de millénaire c'était surtout un sujet concret et opérationnel. La crainte du bug de l'an 2000 entraînait un important surcroît de travail dans leurs activités professionnelles. Il s'agissait de gérer les risques de dysfonctionnements, notamment dans les traitements automatisés.

Quant au petit Julien, sa préoccupation existentielle majeure était sa sœur Lhéa qui avait débarqué dix-huit mois plus tôt *d'on ne sait où et sans que quiconque lui eût demandé son avis.*

Lhéa était née le 26 juin 1997, le jour du décès d'Israel Kamakawiwo'ole. Doté d'une voix superbe, ce chanteur hawaïen, plus connu sous le nom d'Iz, devait l'essentiel de sa notoriété à deux choses : son obésité morbide et sa magnifique chanson *Over the Rainbow*, qu'il fredonnait avec son ukulélé. De nature pourtant cartésienne et imperméable à toute croyance, étonnamment, Nadine y avait vu là bien plus qu'une coïncidence.

Julien, lui, ne voyait pas le rapport entre sa petite sœur et un artiste d'une île lointaine, pas plus qu'il ne croyait un traître mot de ces histoires de rose et de cigogne que lui avaient sorties ses grands-parents, pâmés d'admiration. Ils étaient d'ailleurs bien incapables de s'accorder sur une version plausible pour expliquer l'arrivée de cet être sans intérêt, fripé, laid et braillard dans leur famille. Une fille en plus…

Il se doutait que c'était un coup tordu de ses parents, surtout de son père. D'ailleurs, la meilleure preuve était que son père, Patrick, n'avait d'yeux que pour elle. Déjà qu'il travaillait tout le temps, le soir tard, quand il rentrait, c'était Lhéa qu'il allait embrasser. Le week-end, c'était encore d'elle que son père s'occupait alors qu'elle savait à peine marcher. Elle n'était même pas à la maternelle qu'il la voyait déjà médecin, banquière ou avocate. Julien avait surpris une conversation de ses parents, un soir dans le salon, alors qu'ils le croyaient endormi. D'un ton doux, comme à son habitude, Nadine avait soufflé à Patrick :

— Chéri, je crois que nous devrions faire plus attention à Julien.

— Pourquoi ? Quelque chose ne va pas ? De quoi se plaint-il ? s'étonna Patrick en fronçant les sourcils.

Nadine se leva. Elle poursuivit en passant derrière le canapé, afin de se chercher un verre d'eau dans la cuisine ouverte tout proche.

— Non, au contraire en fait. Il ne se confie pas beaucoup. À la maison, il s'isole pour jouer seul dans son coin. Il a des copains à l'école d'après sa maîtresse, mais il ne nous en parle jamais. Il y a aussi ses terreurs nocturnes, tu sais bien, ses cauchemars qu'il faits. Et puis tu vois bien, il semble triste, il manque d'allant ce petit.

Tournant la tête pour s'adresser à son épouse depuis le canapé, d'une voix plus forte, Patrick objecta :

— Bah, pourquoi il serait triste ? Il a tout ce qu'il faut, il ne manque de rien. Il a une belle chambre pour lui, un petit jardin. Et regarde tous les Lego et les jouets qu'il a. Ses cauchemars ? Eh bien peut-être qu'il regarde un peu trop la télé aussi, tu ne crois pas ? Tous ces dessins animés débiles et parfois assez violents. Moi, ce que je vois surtout, c'est qu'il bosse que dalle. Perso, à son âge j'en remplissais des cahiers, moi ! Je n'ai pas l'impression qu'il mette beaucoup d'énergie à être le premier de la classe.

— Arrête, chéri, t'exagères, il n'a même pas sept ans. Il n'est pas en maths sup ! le coupa Nadine en revenant s'asseoir.

— Non, certes, pas encore, mais je compte bien qu'il y soit un jour, et parmi les meilleurs avec ça.

— Et tu ne crois pas qu'il réagit à l'arrivée de Lhéa ? suggéra Nadine.

Patrick, écarquillant les yeux pour feindre la surprise, ironisa en soufflant, tout en gesticulant sa main droite du bout de son bras, comme pour envoyer balader le sujet.

— Et pourquoi donc ? Elle est adorable, il a bien de la chance d'avoir une si jolie petite sœur. Qu'il arrête donc de faire son Juju. Il devrait être content et s'en occuper comme un grand frère plutôt que de se morfondre tout seul.

Julien n'avait pas tout compris de la discussion, cependant il avait bien senti son père s'emporter à son propos. Cela le laissait songeur. Heureusement, il aimait bien sa vie à Chatou et l'école où il commençait à se faire des copains même s'il n'était pas le premier en classe.

Un grand-père attentionné

Août 2003

N'en déplaise aux prédicateurs et en attendant la prochaine, l'apocalypse de l'an 2000 n'avait pas eu lieu. Pas plus que les avions ne s'étaient écrasés, ni les supertankers échoués, ni les trains déraillés, ni les centrales explosées. L'Homme avait surmonté le bug qu'il avait lui-même engendré, à coup de milliards et de nombreuses nuits blanches, dont celles de Nadine et Patrick, du fait de leurs activités professionnelles.

Ça, c'était pour les autres, car Julien, lui, percevait du chaos dans son existence. En début d'année, à la suite d'une mutation professionnelle de Patrick, la famille avait déménagé à Haguenau, dans le nord de l'Alsace. Adieu sa petite vie bien organisée dans la chic banlieue ouest de Paris. En moins d'un mois, Julien avait perdu son école, ses copains, son club de karaté, sa chambre douillette, ses pénates avec son petit jardin de plain-pied, ses grands-parents pas bien loin... Bref, tout ce qui constituait l'environnement rassurant du préadolescent était réduit à néant. Il se retrouvait comme parachuté du jour au lendemain dans une petite ville où les gens parlaient parfois dans une langue qu'il ne comprenait même pas. À l'école on se moquait de son accent de parigot alors que pour lui, *c'est les autres qui parlent bizarrement, pas moi.*

Julien se sentait en guerre. Une guerre où il ne pouvait pas s'exprimer ni se plaindre. Une guerre sans déclaration, sans allié, sans arme, sans mort ni corps mutilé. Une guerre silencieuse et secrète contre cette ville inconnue, contre ces autres qui le rejetaient, contre ses parents qui lui imposaient leur choix, contre son père jamais content qui le tançait sur ses bulletins scolaires, contre cette fayotte de Lhéa, la chouchoute, toujours première de sa classe. Il y avait ce combat inégal contre son corps qui changeait. Et avant tout, contre ces affreux boutons purulents, tels de petits volcans avec du pus blanchâtre qui en jaillissait quand il les tripotait avec fébrilité. Puis, contre cette voix qui muait, dérayait et sonnait faux avec un timbre passant du grave à l'aigu sans crier gare. Et enfin, contre ces quelques poils disgracieux qui poussaient sous les bras et au bas-ventre. À tout cela s'ajoutait une guerre contre les filles qui ne le voyaient pas, contre la boulangère qui le zappait alors que c'était son tour, contre les professeurs qui ne l'interrogeaient jamais alors qu'il connaissait la réponse, contre les sports collectifs qu'il détestait parce qu'il n'avait jamais la balle. Une guerre où il était seul contre tous. Julien ne voulait pas grandir. Transparent il était, transparent il resterait. Il ne voulait pas être comme eux.

Enfin, pour le moment, c'était la trêve. En ce début du mois d'août, pendant que ses parents travaillaient, Julien était en vacances dans la Drôme avec Michel, son grand-père maternel, qu'il appelait Papi. Sa mère, Nadine, lui avait bien proposé de faire un stage de surf, mais il avait préféré la compagnie de son grand-père, plutôt que d'affronter les vagues et, surtout, d'autres enfants inconnus qui se moqueraient encore de lui. Michel avait loué un confortable bungalow dans un camping bien aménagé. Le cadre était bucolique, au bord d'une agréable rivière bordée de saules pleureurs. Malgré la proximité de l'eau, la chaleur était écrasante, les nuits à peine plus fraîches que les jours. Une vraie canicule dont les informations parlaient en boucle. Les autorités n'étaient pas préparées. De nombreuses personnes, les plus vulnérables, succombaient aux effets de la chaleur prolongée. Ici ou là quelques voix, peu entendues, et encore moins écoutées, s'élevaient pour pointer du doigt la responsabilité de l'Homme dans un changement climatique qui entraînait de tels évènements extrêmes.

Julien voyait bien que son grand-père, bien que vaillant, souffrait de cette fournaise. Il préférait rester au frais, à l'ombre plutôt que de sortir se balader. De toute façon, Michel n'était guère véloce, il claudiquait depuis un terrible accident de voiture qui avait eu lieu vingt ans auparavant. Son handicap n'était rien à côté de sa tristesse d'avoir perdu Claire, son épouse, dans ce drame.

Un an plus tôt, le grand-père de Julien avait pris sa retraite après avoir cédé le garage qu'il avait acquis il y a trente ans. Il avait commencé à travailler très jeune, dès ses quatorze ans, comme ouvrier apprenti chez Renault Billancourt sur l'île Seguin. Trop jeune pour y avoir croisé Georges Brassens ou Simone Weil et trop vieux pour y avoir manifesté aux côtés de Philippe Martinez. Il avait cependant vécu les intenses mouvements sociaux de 1968, durant lesquels l'usine de Billancourt, véritable bastion du syndicalisme, avait été un des grands théâtres. Sa fierté était d'évoquer les voitures populaires dont il avait participé à la production : la Dauphine, la Renault 4, la Renault 10. Et surtout, à la fin de sa carrière à l'usine, à la magnifique Renault 16, superbe voiture familiale très innovante pour son époque. Il avait voulu être son propre patron et avait alors racheté un vieux garage en région parisienne. Très bon mécanicien, il était apprécié des clients. Toutefois, piètre gestionnaire, il n'avait jamais véritablement développé son affaire. Son accident et la dramatique disparition de Claire en 1983 avaient rendu son activité encore plus fragile. Michel avait travaillé dur toute sa vie pour ne revendre le fruit de son labeur qu'une misère en 2002.

Michel était un homme un peu fantasque, portant beau malgré son handicap et sa soixantaine passée. Charmeur, le teint hâlé et les yeux noirs en amande, l'homme maîtrisait à la perfection les nuances de sa voix grave, chaude et profonde. Il aimait séduire la gent féminine, qui le lui rendait plutôt bien. Panier percé, un peu roublard, mais sans méchanceté, disant toujours oui, ou ne sachant pas dire non, selon les versions, le grand-père était toujours disponible pour rendre service. Julien entendait bien les adultes de la famille se moquer, parfois s'exaspérer, des éternelles vicissitudes du grand-père. Ses tribulations passées et présentes animaient immanquablement les réunions de famille, surtout en son absence.

C'était son grand-père et peu importait à Julien le regard des autres. Son *Papi* passait du temps avec lui, le prenait sous son aile, sans avoir l'air blasé ou toujours pressé, et surtout sans lui faire la leçon.

Un après-midi, profitant d'une séance de pêche dans la rivière jouxtant le camping, Michel interrogea son petit-fils. Il jouait de sa voix grave pour affirmer que la question était sérieuse.

— Alors, mon Julien, dis-moi comment s'est passée ton année à l'école ?

Canne à pêche à la main, Julien observait le flotteur qui restait désespérément en surface. La gorge un peu nouée, il répondit à son grand-père, avec un haussement d'épaules dissimulant son stress à l'évocation de ses difficultés relationnelles :

— Ben tu vois, en fait, j'ai pas de copain à l'école. Je me sens différent. Pas comme les autres. Les devoirs, ça va, même si j'suis pas le premier. En fait, j'aime bien les maths et la géographie et tout. Mais tu vois, l'histoire, je retiens rien. Et puis la grammaire aussi, c'est dur. Tu vois, en fait, c'est pas très cool quoi.

Michel s'extirpa de son siège pliable. Il entoura les épaules de son petit-fils de ses bras protecteurs.

— Ah, je comprends, tu sais, moi, je n'ai que le brevet. Après, je suis rentré à l'usine comme apprenti et direct au turbin à quatorze ans. Les études, ce n'était pas trop ma tasse de thé. Cependant, « tu vois », j'ai toujours aimé lire. C'est très bien les livres, « trop bien » comme vous dites aujourd'hui. Grâce à eux, on s'évade, on voyage, on vit d'autres vies. Et surtout on apprend tant de choses intéressantes ! Et même, sans s'en rendre compte, on s'améliore en orthographe, en grammaire. On développe son vocabulaire, etc.

— Moi aussi, tu sais, j'aime lire. Enfin, surtout les bandes dessinées. Parce que, en fait, c'est dur quand il y a trop de texte. Mais bon, j'aime bien quand même les livres qui parlent d'aventures, quoi. En fait, tu vois, j'ai lu *Voyage au centre de la Terre* de Jules Verne. Tu connais ? En fait, trop bien. Du coup, je vais en lire d'autres de lui, il en a écrit plein en fait, pour de vrai.

Sentant la motivation revenir chez Julien, Michel continua à s'amuser des tics de langage de son petit-fils, sans que ce dernier relevât la gentille raillerie.

— Eh bien, « en fait » c'est super ça ! Bravo. Tu verras « quoi », tu ne pourras plus t'arrêter et peut-être même que tu préféreras la lecture à la télé.

— Euh tu rêves là, Papi, faut pas pousser quand même... Et, en fait, tu sais aussi, je voulais dire que quand je suis arrivé dans ce nouveau collège en milieu d'année, j'étais perdu quoi ! J'espère que l'année prochaine je pourrai me faire des copains.

— Julien, mon grand, tu commences à changer. Tu es en avance par rapport aux autres. C'est peut-être pour cela que c'est difficile pour toi. Et puis tu viens d'arriver dans cette nouvelle ville. Tu ne connais personne alors que les autres élèves se connaissent depuis plusieurs années.

— Oui, c'est ça. Les autres, ils ne me calculent pas en fait. C'est nul en fait, répondit Julien, agitant sa canne dans l'espoir de faire mordre un poisson.

— À la rentrée ce sera différent, il y aura peut-être des nouveaux comme toi. Tu te feras des copains, c'est sûr. Et puis tu verras, avec les filles ce ne sera plus tout à fait pareil. Allez, en attendant, je vais te montrer comment on fait pour attraper des poissons, affirma Michel, avec un clin d'œil entendu, mais qui laissa Julien dubitatif.

Le grand-père n'eut pas plus de succès que son petit-fils. Ils rentrèrent au bungalow bras dessus, bras dessous. Michel, d'une fausse mine dépitée, proposa :

— Quel dommage de rentrer bredouille. Moi qui me réjouissais de te montrer comment on vide un poisson. Pour nous consoler, on va se faire une pizza au resto du camping, ça te va ?

Julien bondit de joie à cette perspective. *Comme j'aime être avec Papi, il me comprend si bien.*

Souvenirs d'adolescent

15 janvier 2009

Quelques mois auparavant, l'élection historique de Barack Obama, comme 44e président des États-Unis, avait été suivie de près par toute la famille. La victoire de *Barry* avait suscité une large vague d'enthousiasme, d'optimisme et d'espoir tant sur le plan intérieur qu'en matière de politique étrangère de la première puissance mondiale.

Une dizaine de jours avant la prise de fonction de ce nouveau président, en cette fin de soirée de janvier, Nadine, Patrick, Julien et Lhéa sortaient du cinéma Le Prado à Marseille. Après quelques années passées dans le nord de l'Alsace, la famille avait de nouveau déménagé en 2008, direction le sud cette fois-ci, pour s'installer dans la cité phocéenne. Tous les quatre venaient de voir le film *Slumdog Millionaire,* sorti en salle la veille. Ils en avaient beaucoup entendu parler. Et à l'unisson, la famille s'était accordée pour foncer à cette séance sans tarder. Le scénario reposait sur l'histoire d'un jeune Indien remportant contre toute attente la finale - et le gros lot - de *Qui veut gagner des millions* en étant soupçonné de tricherie. Et le spectacle ne les avait pas déçus.

Alors qu'ils rentraient chez eux en remontant une large avenue bordée de grands arbres, Lhéa virevoltait autour de ses parents et de son frère, telle une abeille qui butine de fleur en fleur.

— Trop trop bien ce film ! Merci, les parents !

— Ouais merci, les darons, et puis c'est trop sympa d'être tous ensemble, renchérit Julien.

— Oui, une belle soirée, on devrait faire cela plus souvent, ajouta Patrick.

— Ça ne tient qu'à toi, mon chéri, répondit Nadine en adressant un clin d'œil discret à son mari.

Ce geste, en apparence léger, était à la fois demandeur et complice. Nadine, sans lui reprocher, regrettait le manque de disponibilité de Patrick, pour sa famille comme pour elle. Ce dernier soupira, conscient qu'il était trop souvent absent.

— Je crois que j'ai compris ton message... Alors, les enfants, vous auriez pu gagner le jeu comme Jamal ? questionna-t-il, pressé de détourner la conversation.

— Genre, j'ai même pas compris les questions ! déclara Lhéa.

— Genre pareil ! admit Julien, insistant sur sa formulation pour se moquer du tic de sa petite sœur.

Cette dernière rétorqua par une large grimace.

— Quand même, Julien, le taquina Nadine, pourtant, la dernière ? Tu as déjà oublié les lectures pour ton bac de français l'année dernière ? Un grand classique facile à trouver : Aramis, le troisième mousquetaire.

— J'avoue... reconnut Julien, mi-goguenard mi-confus.

Julien avait bien aimé le film. Cependant, la fin romantique, avec le héros et sa petite amie s'embrassant sur fond de flash-back, l'avait plongé dans une forme de mélancolie. Il conservait en mémoire ce que lui avait dit son grand-père Michel quelques années plus tôt concernant les filles. De fait, avec les filles, ce n'était plus pareil, mais ce n'était pas mieux pour autant. Il semblait à Julien que la plupart des autres garçons n'avaient pour objectif que de multiplier les conquêtes et de pérorer entre mecs sur leurs tableaux de chasse. Lui, empreint d'un romantisme atemporel, rêvait de ces amours purs, entiers, grandioses à la *Love Story*, Roméo et Juliette ou encore Rose et Jack dans *Titanic*. Amours magnifiés par leur dimension tragique dont Julien faisait bien évidemment abstraction dans ses projections personnelles. Il avait bien eu quelques expériences, pour faire comme tout le monde, mais il restait obstinément dans sa quête chimérique se refusant aux amourettes sans lendemain. Aussi, chaque scène d'amoureux passionnés le renvoyait à ses impatientes espérances. Il gardait son spleen pour lui, tout comme les rêves tourmentés qui le poursuivaient toujours. De toute façon, ce n'étaient pas ses parents qui pourraient l'aider. À quoi bon leur confier ses inquiétudes. Il n'allait pas laisser ses états d'âme d'adolescent gâcher cette belle soirée.

Pour une fois que son père ne lui avait pas rappelé qu'il avait le bac en juin, qu'il devrait travailler plus, qu'une mention serait le minimum, que c'était du gâchis de viser la fac plutôt que math sup, etc. « Julien, arrête de faire ton Juju et bosse donc. Si j'avais eu ta chance, j'aurais intégré une prépa et fait Polytechnique ou Centrale », ainsi se terminaient avec constance les discussions avec son père concernant son avenir.

Mais pas ce soir, Patrick était détendu et n'avait fait aucune de ces remarques cinglantes et vexatoires dont il était capable. C'était si rare de se retrouver ensemble, tranquilles, sans arrière-pensées. Juste à profiter du moment présent. Certes, ils partaient ensemble en vacances une à deux semaines chaque année, mais Julien ne partageait pas les mêmes centres d'intérêt que ses parents. Eux-mêmes, Julien le sentait bien, n'étaient pas bien en phase. Patrick, épuisé par son travail tout au long de l'année, voulait simplement se reposer. Enfin, ne rien faire c'était pour la théorie, car dans les faits, il passait une bonne partie de son temps sur son ordinateur portable professionnel se justifiant d'un « j'en ai juste pour cinq minutes » ou « encore un petit *meeting* et j'ai fini ».

Nadine, elle, aimait le sport, surtout les sports de glisse. L'hiver, c'était invariablement semaine de snowboard à la montagne. Et planche à voile l'été, sport auquel elle restait fidèle bien que ce fût moins *dans le vent* que son concurrent éolien le kitesurf. Sa passion pour la glisse étayait sa conviction d'avoir du sang polynésien dans les veines. Un raisonnement d'autant plus tarabiscoté que rien dans l'arbre généalogique familial ne venait corroborer cette sympathique légende exotique.

Patrick et Julien ne portaient que peu d'intérêt aux conjectures sur de prétendus ascendants insulaires de Nadine. Leur attention se portait plutôt vers d'autres affaires familiales avérées. De fait, la famille de Nadine n'en était pas avare, comme au demeurant celle de Patrick et toutes les autres. Au chapitre des plus croustillantes, on avait le choix entre le prêtre défroqué, les coucheries entre pièces rapportées et les héritages détournés par des tiers. Cela faisait sourire, on entretenait ainsi le patrimoine mémoriel en se moquant de ces aïeux avec une caustique bienveillance. La banalité de ces faits divers passés rassurait sur la normalité de l'héritage familial. Car au passage, on éludait les drames cachés, ceux affectant de façon inconsciente les descendances tels des fantômes traversant les générations.

Ignorant toutes ces subtilités psychologiques, Julien était pressé d'avoir son bac, de rentrer en fac et de tourner la page d'une adolescence qu'il jugeait sans réelle saveur et, surtout, sans grand amour. Aborder une vie de jeune adulte à la hauteur de ses espérances était dorénavant son objectif premier.

Coup de foudre à Saint-Charles

12 septembre 2010

À Marseille, c'était le jour de la rentrée universitaire pour Julien. Il reprenait sans grande conviction le chemin de la fac de maths sur le campus Saint-Charles.

Le jeune homme avait l'impression que les années se suivaient et que, malheureusement, elles se ressemblaient. Il allait reprendre les allers-retours en métro entre chez papa-maman dans le 8ᵉ et l'université du côté de la Canebière. Depuis plusieurs mois, il économisait pour passer son permis moto, cependant l'échéance lui paraissait bien lointaine. Les leçons lui coûtaient cher et il n'avait aucun support de ses parents. En particulier, son père s'opposait farouchement à ses désirs de moto, non sans arguments :

— C'est bien trop dangereux, regarde comment ils conduisent, ces tarés, à Marseille. Ça double à gauche, à droite, ça grille les feux, les stops. Les passages piétons ?

Ils s'en foutent royalement. Non, sois raisonnable, Julien. Le vélo à la limite... et encore, quand on voit la tronche des pistes cyclables. Sérieusement, le bus, le métro, c'est très bien.

Contrarié, Julien défendait sa position :

— Mais, Papa, je serais prudent. Et puis aussi plus autonome. Faut toujours que je quémande pour emprunter une voiture. D'ailleurs, jamais tu me files la tienne. C'est pas vrai ça ? Hein ?

— Et puis quoi encore ? Tu es déjà bien privilégié, je trouve. Tu as le studio pour toi. Ta mère te prête souvent sa voiture. Travaille donc un peu plus si tu veux avoir les moyens de t'en payer plus tard, de belles voitures.

Nadine se faisait discrète quand les échanges entre père et fils prenaient cette tournure. *À quoi bon intervenir ? Laissons le temps passer et tout cela s'apaisera*. Elle était convaincue que Julien se réaliserait et que Patrick, un jour, en serait fier. Cependant, en son for intérieur, elle était inquiète. Elle sentait que son fils avait un mal-être qu'il n'exprimait pas. Petit, il faisait toujours des cauchemars. *Est-ce que cela continue ? Et ses rapports avec les filles ?* Elle se doutait qu'il avait eu quelques expériences, pourtant, il n'en parlait jamais. Il ne lui avait jamais présenté de petite amie. Julien était toujours fourré avec son copain Thomas, qui semblait du même acabit que lui. Pourtant, son fils était plutôt beau gosse. Certes, une mère n'est jamais vraiment objective, mais quand même. Julien tenait de son père une belle carrure. De larges épaules, des bras musclés, un corps que l'on devinait puissant et qui inspirait le respect. D'elle, il avait hérité cette peau légèrement hâlée, un visage rond et discret rehaussé par un regard noir, fier et plein de mystère. Elle-même, Nadine avait eu une adolescence compliquée, plein de questionnements. Aussi était-elle particulièrement sensible à la souffrance de son grand garçon. Elle se rassurait : *il n'a même pas vingt ans. Il se cherche. Il a besoin d'une amoureuse en qui il aura confiance, et avec qui il construira son avenir.*

En arrivant sur le campus, Julien retrouva son pote Thomas pour une réunion d'introduction destinée aux étudiants. Faute d'amphi disponible, ils avaient été relégués dans une grande salle éloignée. Les deux compères, qui redoublaient leur année, s'assirent l'un à côté de l'autre, au fond du local. Ils estimaient ne pas avoir grand-chose à apprendre de cette session, plutôt destinée aux nouveaux arrivants.

La séance avait déjà commencé depuis vingt bonnes minutes, lorsqu'on toqua à la porte. Sans attendre de réponse, une jeune fille entra précipitamment, s'exclamant auprès du professeur :

— Oups, désolée pour mon retard, monsieur. J'ai eu du mal à trouver la salle. Il est trop grand ce campus !

— Ce n'est pas une excuse, mademoiselle. Vous auriez dû vous renseigner. Allez vous asseoir rapidement, et en silence je vous prie. Vous vous êtes suffisamment fait remarquer pour aujourd'hui, gronda le professeur d'un ton sec pour affirmer son autorité.

Toutes les têtes s'étaient levées pour observer la retardataire. Les sourires moqueurs se muèrent en regards admiratifs chez la plupart des garçons et se voilèrent de contrariété chez certaines filles. Aucunement impressionnée par le tancement à son entrée, la jeune demoiselle traversa la salle avec promptitude, sourire aux lèvres. Sans hésitation, elle se dirigea vers la place restée libre à côté de Julien. Cela ne dura que quelques secondes, cependant l'image de cette petite brune pleine d'entrain, déboulant jusqu'à lui, lui fit une forte impression.

— Salut, je m'appelle Aurore, et toi ? dit-elle en s'adressant directement à Julien, sans se soucier le moins du monde de la consigne de silence.

— Julien, je m'appelle Julien, bredouilla-t-il en chuchotant afin de ne pas s'attirer les foudres du professeur. Tu es nouvelle ici ?

— Ben, ça se voit un peu, je crois ? Bon allez faut que je la mette en sourdine sinon le prof va vraiment me virer ! On se parle à la pause.

La pause fut trop courte. Néanmoins, Julien apprit qu'elle habitait à Paris avec ses parents, mais était d'origine catalane. Elle étudiait dans une autre section, cependant, ils auraient tout de même quelques cours en commun. Ils se promirent de déjeuner très vite ensemble. La jeune fille disparut pour se rendre à un autre cours, aussi vite qu'elle était apparue au précédent. Cette boule d'énergie déclencha chez Julien un sentiment très étrange et une certitude : elle était celle qu'il attendait.

Le soir en rentrant, il déclina la proposition d'un restaurant en famille. Il préférait rester seul pour savourer sa conviction *de l'avoir trouvée.* Julien se repassait intérieurement en boucle le film de la journée avec la nouvelle étudiante. Il gravait dans sa mémoire chaque détail, comme des souvenirs inaltérables. Plein d'idées se bousculaient dans sa tête pour conquérir Aurore. Il pourrait lui proposer de découvrir un Marseille qu'elle ne connaissait pas. En faisant les mille pas dans son petit studio, Julien se parlait à lui-même, à voix haute, comme s'il s'adressait à un double : « Pas la Canebière ou Notre-Dame de la Garde. Pff, c'est bien trop commun ça, c'est pour les touristes. Mais les calanques ? Ah oui, pas mal ça, trop bien les calanques. Tiens, je lui ferai découvrir Sugiton, juste derrière la cité U. Sûr qu'elle sera bluffée par le panorama grandiose après le col. Et aussi je lui raconterai que cette route pentue, étroite et sinueuse qui descend vers la mer a servi de décor au *Salaire de la peur*. J'ai tant de choses à lui dire, j'ai tant à lui montrer ! » Puis, comme un venin, le doute s'installait : « Vais-je avoir le courage de lui proposer ? Et si elle refuse ? Elle va me prendre pour un dragueur. Je ne sais pas comment faire… »

Ces éternelles questions l'assaillaient tandis qu'il se couchait. Cependant, elles ne gâchèrent pas son extase. En fermant les yeux, il voyait le visage radieux et souriant d'Aurore. « *Con la luz de tu sonrisa*[1] », *voilà ce que je lui dirai un jour* ! fut sa dernière pensée avant de s'endormir.

---

1 Citation extraite de la chanson *Hasta Siempre*, composée en 1965 par Carlos Puebla en hommage au « *comandante* » Ernesto Che Guevara.

Partie II

Les deux destins de J.

L'écho des choix

10 mars 2011

À l'issue du concert d'Eros Ramazzotti, Julien ramenait Aurore chez elle.

Dans la petite voiture, ils se dirigeaient ainsi vers la cité universitaire située à l'extrémité sud de Marseille. À une vingtaine de mètres devant eux, le feu de signalisation dont ils s'approchaient passait à l'orange...

Quand Julien s'arrête au feu, Juju décide de foncer.

Une même personne.
Deux destins qui divergent.

Julien versus Juju.

Julien - Une prudence bien venue

10 mars 2011 - vers 23 h

En apercevant le feu passer à l'orange au rond-point du Prado, Julien ralentit jusqu'à l'arrêt.

Non pas qu'il fût toujours très respectueux du Code de la route, mais il était prudent. Et puis se prendre une prune, ça serait trop bête. La soirée était déjà suffisamment gâchée par les derniers échanges avec Aurore après le concert au Dôme. Depuis qu'ils avaient rejoint la voiture, pas un mot.

À l'attente au feu, Julien toussa pour s'éclaircir la gorge et, sans que son cerveau contrôlât ses paroles, il s'entendit suggérer :

— Dis, Aurore, en fait ça te dirait de boire un dernier verre chez moi ? J'habite juste à côté. Et après je te ramène à Luminy bien sûr !

Surprise et ravie par cette ultime et inattendue proposition, la réponse d'Aurore ne se fit pas attendre :

— Ben oui, bien sûr ! Bonne idée, j'ai aucune urgence à rentrer.

— Top ! J'habite chez mes parents, mais j'ai la chance d'avoir un petit studio à l'écart. T'inquiète, aucun risque de les croiser !

Ils échangèrent un long regard alors que la voiture derrière faisait des appels de phares en s'impatientant au feu devenu vert.

— Je pense qu'il faut que tu redémarres, Julien, le taquina sa passagère.

Julien, tremblant d'émotion, redémarra, et prit à droite vers le David. Direction chez lui en compagnie d'Aurore !

Juju - Une regrettable imprudence

10 mars 2011 - vers 23 h

En apercevant le feu passer à l'orange au rond-point du Prado, le jeune homme accéléra. Il passa au rouge, continuant tout droit pour remonter le boulevard Michelet vers le quartier de Luminy afin de rejoindre la cité U. Peut-être pour impressionner Aurore en mode rebelle, ou parce qu'il la sentait pressée de rentrer chez elle, ou alors juste pour tout gâcher ? Il faisait son *Juju* comme grondait son père quand il ne filait pas droit.

Dépassant le feu devenu écarlate, Juju imaginait son père lui rebattre les oreilles que ce n'était pas demain qu'il pourrait prendre son Q5. D'autres paroles, bien réelles celles-ci, parvinrent à son cerveau.

— Non mais ça ne va pas ! T'es taré comme mec en fait. Tu te prends pour Schumacher ou quoi avec ta 207 pourrie ? s'écria Aurore, s'accrochant à la poignée de la porte.

— Ah tiens, chez moi on dit Fangio, osa-t-il pour détendre l'atmosphère, s'enfonçant un peu plus.

Aurore, livide, le coupa d'emblée.

— C'est ça, fous-toi de ma gueule en plus. T'es con ou quoi ! J'ai failli mourir dans un accident !

— Mais quoi ? Quel accident ? Tu vois bien, c'est quasi désert là, y a pas un chat. Aucun risque. Je maîtrise, objecta Juju, d'un ton énervé.

Aurore, elle, ne maîtrisait plus sa colère. Au bord des larmes, elle vociféra :

— T'es qu'un connard ! J'ai failli mourir dans un accident de voiture il y a quelques années à cause d'un chauffard complètement débile comme toi qui avait grillé un stop. Allez, ça suffit maintenant, ramène-moi. Ou non, laisse tomber, je vais plutôt prendre un taxi.

— C'est bon, c'est bon... OK, désolé, je ne pouvais pas savoir... Je ne vais pas t'abandonner dehors par ce froid. Promis, je vais conduire avec prudence jusque chez toi, proposa Juju, prenant alors seulement conscience de ses erreurs.

Ils firent les quelques kilomètres restants dans un silence de mort. Le jeune homme déposa sa passagère au terminus de la ligne de bus, à l'endroit même où il l'avait récupérée, si plein d'espoir, quelques heures auparavant. Aurore sortit de la voiture et claqua la porte avec rage faisant osciller le petit véhicule. Ils se quittèrent ainsi sans même se saluer.

Merde, c'est trop con, se dit Juju le cœur lourd et le corps tremblant d'émotion. Il fit son demi-tour et rentra seul chez lui.

Julien - Premier baiser

11 mars 2011

Julien se réveilla avec Aurore dans ses bras. Et ce n'était pas un rêve. Celle dont il était amoureux était bien là, avec et contre lui. Il avait tant douté d'y arriver, de pouvoir faire l'indispensable premier pas. Avec, toujours cette peur qui l'habitait dans ses rapports avec les filles. La crainte qu'elle refuse et qu'il réagisse mal à ce rejet... Mais ça, c'était avant.

Merci, mille mercis à ce feu rouge, se souvint-il. Ce court arrêt en voiture qui, la veille, au retour du concert, avait déclenché un *je-ne-sais-quoi* dans sa tête. Juste quelques secondes qui lui avaient donné le courage de proposer à Aurore un dernier verre chez lui, alors que tout semblait si mal barré. Puis, tout s'était enchaîné, comme dans un rêve. Une vraie scène de romance. Elle avait accepté en lui offrant, avec un sourire lumineux, un long regard de ses yeux d'un rieur sérieux où il avait enfin deviné une invitation. Plus encore, il y avait lu la promesse que c'était elle, celle qu'il attendait dans ses songes depuis l'adolescence.

Hier soir, il n'avait pas ramené Aurore dans sa cité U. Ils étaient rentrés sans un bruit dans son studio et n'avaient heureusement pas croisé ses parents. Le tour du propriétaire n'avait pas été bien long. Avec application, Julien avait préparé puis servi à Aurore le verre promis ; un mojito dont il avait potassé la recette. Puis assis, leurs verres à la main après avoir trinqué, sur le petit canapé Ikea, ils avaient discuté à bâtons rompus. Une douce ambiance musicale d'une *playlist* que Julien avait pris soin d'élaborer au préalable baignait le meublé douillet. Ils parlaient de tout, de rien, des cours, se moquant des profs, échangeant sur les ragots de la fac. Consciemment, ils laissaient leurs corps et leurs visages se rapprocher centimètre par centimètre. Alors qu'ils commentaient, très amusés, une photo de leur promotion, leurs regards se croisèrent. Si intensément qu'ils se turent. Leurs pensées étaient envoûtées par ce moment aussi attendu que redouté. Leurs cœurs, qui battaient la chamade, provoquaient de légers souffles suspendus à leurs lèvres entrouvertes. L'appel à un premier baiser délicat sur les lèvres, comme un test avant de basculer dans l'union intense de leurs bouches et de leurs langues entremêlées.

Aurore était restée toute la nuit. Une première nuit dont Julien se souviendra sa vie entière. Ils n'avaient pas fait l'amour. Ils s'étaient enlacés, embrassés avec tendresse sur le lit. S'effleurant plus que se caressant, ils n'avaient cessé de plonger leurs regards l'un dans l'autre comme pour approfondir le mystère de leur communion soudaine. Cette nuit-là, ni l'un ni l'autre n'avaient ressenti le besoin d'aller plus loin. Laissant leurs yeux exprimer, plus que leurs corps, toute l'attente jusqu'alors contenue.

Aurore était vive, intelligente et d'un naturel très spontané. Pas bien grande, plutôt menue, son visage s'illuminait souvent d'un sourire franc et joyeux, véritable vecteur de son énergie. Elle savait jouer de son regard, d'un vert profond, pour capter l'attention de ses interlocuteurs. Julien l'observait parfois à la dérobée. Il avait noté la moue discrète de sa bouche lorsqu'elle était contrariée. Il avait compris que cela précédait bien souvent l'expression d'un désaccord. Fasciné, il ne pouvait pas la quitter des yeux lorsqu'elle relevait ses cheveux bruns ondulés en un chignon improvisé. Ou encore, quand, dans sa bulle, en pleine concentration, elle tournait légèrement la tête sur la droite, puis entortillait sa queue de cheval de son majeur, faisant descendre sa main le long de sa chevelure, réitérant ce même mouvement. À ses yeux, elle était belle, tout simplement.

Selon ses propres termes, Aurore s'était exilée à Marseille pour fuir la capitale où elle vivait avec ses parents. Délaisser une vie un peu trop agitée et bobo pour rechercher un peu de sérénité, bosser vraiment et obtenir son diplôme. De prime abord, c'était ça le projet. Ni plus ni moins. Mais en étant pragmatique tout de même, on n'est jamais à l'abri d'une bonne surprise, *qui sait, là-bas, je trouverai peut-être un vrai amoureux ?* Futée, elle avait la délicatesse, et surtout la sagesse, de n'évoquer Paname que très rarement et, en aucun cas pour parler foot dont, au demeurant, elle se contrefichait éperdument. Elle était cependant très fière de ses origines catalanes, qu'elle mettait souvent en avant. L'étudiante défendait avec passion que le département des Pyrénées-Orientales était le plus beau de France, et au-delà même. Assumant sans ambages sa partialité, elle argumentait à qui voulait l'entendre que sa ville natale, Perpignan, était *el centre del món* d'après Salvador Dali lui-même. Imparable.

Julien, sans véritables racines et sans projet, était tombé amoureux de cette fille qui savait d'où elle venait et où elle voulait aller. Il avait bien hâte de découvrir le centre du monde avec elle. Et son origine également... Ce dont Julien ne se priva pas malgré sa réserve naturelle. Si la première nuit fut sage, les deux jeunes amants exprimèrent de façon plus avancée leur attirance mutuelle lors des suivantes.

Julien, en grand romantique qui se devait d'être un peu poète, griffonnait parfois des vers exprimant ses pensées et ses sentiments. C'était son jardin secret, bien souvent empreint de mélancolie. Cependant, l'heure n'était plus au spleen. Adieu, Baudelaire. Vive Aragon ! Aurore apportait un nouveau prisme à son expression poétique. Gentillet, un peu gnangnan mais touchant :

Ton corps est tel un nid douillet
Allongée, si magnifique et belle
Je caresse tes courbes désirées
Qui forment un joli violoncelle
Dénombrer tes grains de beauté
Comme les étoiles d'une constellation
Sur ton dos sensuel et velouté
Et une belle et douce préparation
Tes petits seins si fermes et parfaits
Ne cessent de m'attirer et me ravir
Comme un appel à un voyage sacré
Vers toutes tes lèvres pour nous unir
Accédant enfin à ton nid secret
Comme un volcan en éruption
Corps et sens aux tiens mélangés
Consacrent pour toi mon infinie passion

Juju - L'autre destin

11 mars 2011

Je nage dans une eau trouble et sale, au milieu d'un relief marin sombre et tourmenté. Des ombres furtives d'animaux marins m'entourent. Je continue à m'enfoncer dans les profondeurs jusqu'à un fond vaseux parsemé de rochers aiguisés et menaçants. J'observe un gros poisson inquiétant, il nage et ondule lentement, comme m'invitant à le suivre. Un être des profondeurs, monstrueux, gélatineux et difforme. La bête immonde est toute proche maintenant, juste devant moi. Soudain, l'animal se retourne. C'est alors que je reconnais mon propre visage dans les traits hideux de la créature. Elle me fixe d'un regard triste, perdu, comme désespéré. Ce monstre, c'est moi.

Juju se réveilla en nage. Il lui sembla même avoir crié. Quel affreux rêve ! Et qui paraissait si réel ! Le cœur battant la chamade, Juju remarqua qu'il avait la chair de poule, stigmate de sa terreur onirique.

Se remettant de son cauchemar, il repensa à la soirée de la veille avec Aurore. Les évènements lui avaient littéralement échappé. Son échec malgré son invitation à ce concert. Ce feu qu'il avait grillé comme un chauffard. Pourquoi ? Puis cette terrible engueulade, son retour, seul, dépité, dans son petit studio... Comme un séisme, telle une énorme déferlante qui avait balayé tous ses espoirs avec cette fille pour qui il en pinçait tant. Il bouillonnait – comme prêt à exploser – d'une rage intérieure, plein de questionnements. *Pourquoi je n'y arrive pas ? Pourquoi je gâche toujours tout ? Pourquoi je n'ai pas le droit, moi, de trouver l'amour ? Pourquoi ces rêves affreux où je suis toujours un monstre ? C'est donc ainsi que les filles me voient ?*

Il alluma la télévision. D'abord sur LCI, la chaîne d'information en continu, comme d'habitude, pour avoir les dernières nouvelles. En général, il zappait sur M6, car il était friand de télé-réalité. Il était capable de rester des heures à regarder ces gens ordinaires évoluer dans des décors absurdes. Il développait même une sorte d'affection pour certains participants et de la détestation envers d'autres. Non qu'il rêvassât pour lui-même d'une célébrité facile et sans talent, comme la plupart des participants. Non, le moteur de Juju était plutôt de comprendre les codes qui régissaient ces individus quelconques, dans des situations banales ; d'appréhender les normes dans leurs communications et leurs interactions. Juju pensait qu'il pourrait ainsi mieux décoder et s'intégrer aux jeunes femmes de son âge, qu'il avait si souvent tant de mal à comprendre.

Mais ce matin, il ne zappa pas. Son attention fut tout de suite captée par des images d'un impressionnant raz de marée. Séisme et tsunami au Japon : les mêmes bandeaux, images et commentaires passaient en boucle sur toutes les chaînes.

Tsunami, un mot sec et violent, telle une gifle, synonyme de terrible catastrophe depuis ce lendemain de Noël alors qu'il n'avait que douze ans. Les désastres provoqués par ces vagues gigantesques en 2004 en Thaïlande, en Indonésie et même jusqu'en Inde et au Sri Lanka l'avaient alors fortement marqué. Au sortir de l'enfance, les images de cet épouvantable cataclysme avaient rendu tangible la réalité de l'immense drame qui avait meurtri des centaines de milliers de personnes. Ce nouveau tsunami massif au Japon n'était qu'un prélude à une autre catastrophe, dite de Fukushima, nucléaire celle-là. Encore un triste rappel. Car ses parents lui avaient parfois parlé de Tchernobyl, un dramatique accident dans une centrale nucléaire en Ukraine dans les années quatre-vingt.

Ces nouvelles assombrirent encore un peu plus l'humeur de Juju. Il avait bien envisagé d'aller courir pour se défouler, mais le temps, à l'image de son moral, était bien trop maussade. Seul, tournant en rond dans son studio, abattu, s'emportant d'un coup de pied contre son sac Eastpak qui traînait par terre, Juju clama à haute voix :

— Pff, non mais j'hallucine, rien ne va. Ma vie est comme cette foutue centrale, en vrac total ! C'est donc ça mon destin ? Mais pourquoi ?

Julien - Un joyeux Noël à Elne

22 décembre 2012

Plus d'un an après leur premier baiser, Aurore et Julien étaient toujours ensemble. Ils avaient décidé de relever le défi d'une vie à deux. La jeune étudiante avait libéré sa chambre en cité universitaire. Depuis la rentrée, elle avait emménagé dans le studio indépendant où vivait Julien et qui jouxtait la maison du reste de sa famille.

Le premier trimestre de vie commune s'était bien passé. Ils avaient profité de l'été à Marseille, et en particulier des calanques, où Julien connaissait quelques petits coins méconnus des touristes estivaux. Au début de leur relation, Julien était d'une prudence excessive, presque maladroite, lorsqu'il s'agissait de gestes intimes. Si l'audace n'était pas encore au rendez-vous, Julien s'était progressivement ouvert grâce à la patience et la bienveillance d'Aurore. Plus expérimentée, elle était très heureuse d'avoir rencontré quelqu'un de sincère, qui n'avait pas comme objectif de la mettre dans son lit pour enrichir un tableau de chasse. Aucune dispute majeure n'était venue ternir l'idylle du jeune couple. Par ailleurs, les échanges avec les parents et la sœur de Julien étaient sans excès, toujours cordiaux.

Les cours du premier trimestre terminés, les jeunes amoureux avaient quitté Marseille pour rejoindre Perpignan en train. Ils y venaient à l'invitation des parents d'Aurore afin d'y passer les fêtes de fin d'année. Bien qu'ils vécussent à Paris depuis longtemps du fait de leurs choix professionnels, ces derniers avaient des racines catalanes bien ancrées. Tous les deux venaient d'Elne, une petite ville proche de Perpignan. Ils y possédaient une belle villa familiale dans laquelle se réunissait annuellement toute la tribu.

Ce matin-là, Aurore et Julien s'éveillèrent enlacés, s'amusant d'avoir survécu à l'apocalypse, prédite par les Mayas. Depuis plusieurs mois, des centaines de milliers de personnes à travers le monde, manipulées par des gourous sectaires, croyaient dur comme fer à cette fin du monde le 21 décembre 2012. Pas loin d'eux, dans les Corbières, se trouvait le Pech de Bugarach, ultime refuge antiapocalyptique. De sources sûres, dans ses entrailles, se trouvait un vaisseau permettant aux privilégiés visionnaires d'échapper aux cataclysmes. Cependant, bien qu'informés de cette extraordinaire possibilité de survie, les membres de la famille n'avaient pas jugé opportun de rejoindre la montagne inversée.

Aurore avait convié Julien à fêter la Nativité auprès de sa famille. Cette requête était loin d'être anodine. Elle représentait pour de bon l'officialisation de leur relation. Julien l'avait bien compris et prenait très au sérieux ce baptême du feu. Il connaissait déjà un peu Claude et Véronique, les parents d'Aurore. Cependant, passer une semaine complète chez eux, avec eux, dans leur environnement sans faire d'impair, était, sans mauvais jeu de mots, une autre paire de manches. Stressé en arrivant, Julien avait été mis à l'aise par Véronique, très accueillante, puis rassuré par le planning chargé de la semaine. Au moins, ils ne passeraient pas leur temps à se regarder en chiens de faïence, à chercher des sujets de conversation. Non, car Aurore avait tout prévu. Son amoureux allait comprendre *de visu* que sa région était la plus belle au monde. En profitant de la douceur exceptionnelle de cette fin d'année, Aurore avait peaufiné un ambitieux programme d'activités sportives, culturelles et touristiques alternant mer et montagne.

Cela commença par la visite d'Elne. Avec le majestueux *Canigó* en arrière-plan, au cœur de la plaine du Roussillon, à quelques kilomètres de la côte Vermeille, cette ancienne capitale avait marqué la région de son empreinte historique. Pourtant peu passionné de vieilles pierres, Julien apprécia l'imposante cathédrale-forteresse et son cloître. Un chef d'œuvre d'art roman, digne de la montagne sacrée du pays catalan qui la dominait, enneigée, à l'horizon.

Ils firent un détour par la Maternité Suisse, une superbe bâtisse Art nouveau.

Le temps étant au beau fixe, et d'une douceur exceptionnelle pour la saison, le lendemain fut consacré à la descente en paddle du paisible *el Bourdigol* depuis Torreilles jusqu'à son embouchure. Avec pique-nique sur une magnifique plage de sable fin au programme. Cette balade était un voyage tranquille sur une étendue d'eau douce et apaisée, juste troublée par les envols de cormorans, le clapotis des carpes sautant hors de l'eau et les ondulations des hautes herbes bordant le rivage. En équilibre sur leurs planches, fermant les yeux pour mieux s'ouvrir à d'autres sens, Aurore et Julien savouraient cette nature accueillante, la brise légère sur leurs bras nus, le bruissement des roseaux, l'odeur terreuse du cours d'eau douce qui faisait progressivement place à celle, saline, de l'air marin. Profitant de la température très douce, du soleil ardent et de la plage déserte, ils se trempèrent nus dans l'eau froide et cristalline de la Méditerranée. Julien ne se lassait pas d'admirer ce corps si longtemps désiré. Cette innocente baignade réveillait en lui un désir qu'il avait du mal à contenir. Il observait sa dulcinée sortant de l'eau fraîche, son visage radieux avec ce discret sourire aux lèvres. Il appréciait sa démarche féline, soulignant son cou fin, ses épaules musclées. Il se régalait en voyant ses petits seins fermes aux tétons durcis par le froid de l'eau, ses hanches bien galbées, sa légère toison dissimulant à peine ses autres et douces lèvres, et enfin ses belles jambes fines. Aurore semblait sortir d'un tableau de Paul Delvaux, tels un rêve, un mirage, un moment de bonheur suspendu. Julien sentit son sexe s'allonger, se gonfler et se durcir. La contemplation du corps nu d'Aurore, dans cet environnement exotique, provoqua une incoercible stimulation érotique. Le jeune homme était l'heureuse victime d'une interaction naturelle entre psychologie et physiologie. Phénomène qui n'échappa pas à Aurore.

— Eh ben dis donc, il est au garde à vous! le taquina-t-elle, ses yeux ostensiblement dirigés vers le membre en érection. Mais là, désolée, mon amour, va falloir que tu tiennes jusqu'à ce soir. Trop de risques ici.

— Oui oui, bien sûr, bafouilla Julien, quelque peu gêné par son flagrant désir.

— Mais tu sais, Julien, je suis très touchée par ton hommage spontané. Et je n'oublierai pas d'y répondre, conclut-elle avec un regard impudique et engageant.

Après une nuit qui avait tenu ses promesses, cette petite expérience nautique fut pour Julien un bon prélude à la sortie voile prévue le lendemain de Noël avec Claude. Le paternel d'Aurore était un voileux de longue date, propriétaire d'un magnifique 40 pieds nommé *Juliette,* amarré au port de Saint-Cyprien. Le courant passait bien entre Julien et les parents d'Aurore. En aparté, Véronique et Claude lui firent quelques confidences amusantes sur leur fille, ses petites manies et ses bêtises avec ses grands frères. Posant sa main sur l'avant-bras de son mari, comme pour l'appeler à confirmer ses dires, la voix chargée d'une certaine nostalgie, Véronique enchaînait les anecdotes sur une période révolue.

— Lorsqu'elle était petite. Je dirais vers trois ou quatre ans, Aurore demandait toujours une petite histoire pour s'endormir, souvent des aventures de sorcières, ses préférées. Un vrai rituel. Après la lecture, avec Claude, on s'éloignait tout doucement, sur la pointe des pieds. On l'observait alors tomber dans les bras de Morphée, elle suçotait son pouce avec sa petite main derrière sa tête et elle entortillait doucement ses cheveux bouclés. Hein, dis, tu t'en souviens, chéri ?

Elle se tourna vers son époux qui opina du chef sans avoir vraiment suivi la conversation.

— Eh bien Aurore a gardé quelques reliquats de son enfance, le pouce en moins, confirma Julien amusé.

Il adressa un clin d'œil à Aurore qui, étonnée, fixa Julien en fronçant les sourcils. Elle ne comprenait pas l'allusion à sa ravissante petite manie qui avait traversé les années.

Julien apprit aussi qu'Aurore devait son prénom à l'admiration de sa mère pour George Sand. Un rappel à son poème, ode à la nature, mais surtout en référence à l'énergie vitale et au courageux féminisme de l'écrivaine. Elle la voulait source d'inspiration pour sa seule fille dans les combats qu'elle aurait à mener dans sa vie de femme.

Le changement de décor fut radical pour l'avant-dernière journée de leurs vacances en pays catalan. Ils prirent le petit train jaune depuis Villefranche jusqu'à son terminus à Latour-de-Carol pour un parcours d'environ soixante kilomètres à travers les Pyrénées catalanes. À l'opposé d'un TGV, le petit train typique et historique leur offrit un dépaysement hors du temps. Dès le départ, Julien et Aurore apprécièrent le paysage, l'adret ensoleillé, l'élégant pont Gisclard enjambant un précipice impressionnant. Ils passèrent par Bolquère, la gare la plus haute de France, traversèrent le paysage cerdan, ses valons enneigés et sauvages où ils observèrent des cerfs et des biches s'ébattre en liberté. Ils déjeunèrent au simple et sympathique Bistro de la Gare d'Enveitg. Puis le couple reprit le train en sens inverse, avec l'impression de découvrir de nouveaux paysages. La lumière était différente, plus douce, chaude malgré le froid extérieur. L'humidité crépusculaire décuplait les odeurs d'humus des sombres forêts traversées et qui parvenaient à eux depuis la petite plateforme extérieure du wagon. La nuit tomba vite et la fin du voyage se fit dans une atmosphère nocturne, à peine troublée par les lumières des phares sur la route et des habitations en contrebas.

Julien était conquis par cette région. Il lui restait encore beaucoup à découvrir : les stations pyrénéennes, Ille-sur-Têt et ses orgues, les belles petites villes et villages de Collioure, Bages, Peyriac-de-Mer, Médor-sur-Mer, Gruissan et ses chalets dans l'Aude voisine, l'Espagne toute proche... Lui qui était né par hasard en Haute-Savoie ; lui qui avait passé sa jeunesse à déménager de région en région ; lui qui éludait quand on lui demandait d'où il venait, il ressentait maintenant un puissant désir de s'approprier des racines.

En fin de séjour, Aurore reçut un message l'informant de son acceptation à un stage à Barcelone, dans le cadre d'Erasmus. Cela affecta un peu le moral de Julien, inquiet d'une séparation de plusieurs mois. Il espérait égoïstement en son for intérieur qu'Aurore y renoncerait.

— C'est une belle perspective, tu dois l'accepter, réagit-il avec un sourire un peu forcé.

— Oui, carrément ! Et puis trois mois, cela passera bien vite. C'est super Barcelone. Et tu pourras me rejoindre pour Pâques, à la fin de mon stage ?

— Top, j'ai trois mois pour apprendre l'espagnol !

— Le catalan, Julien, le catalan ! gronda Aurore prenant un ton professoral et ils pouffèrent de rire tous les deux.

Juju - Rencontre avec Julie

22 décembre 2012

La fin du monde n'avait pas eu lieu, mais il ne tournait pas bien rond pour Juju. À même pas vingt et un ans, le jeune homme se retrouvait à la maternité à attendre la naissance de l'enfant qu'une certaine Julie portait.

Juju l'avait rencontrée l'année précédente pendant l'été. Il avait été très ébranlé par son échec avec Aurore, et sa timidité envers les filles était devenue quasiment maladive. Il était comme pris d'une indicible angoisse à l'idée de faire le premier pas. Ni orgueil, ni peur de l'échec, ni son physique n'étaient en cause. Sans être un Apollon, Juju avait du charme, une belle carrure, un corps musclé et équilibré. Non, encore plus qu'avant, cette indescriptible retenue, cette paralysie insensée venait de son appréhension de ne pas savoir s'y prendre, de ne pas pouvoir décrypter si c'était oui ou non, de ne pas appréhender un consentement ou un refus. Alors le mieux était de s'abstenir. Sa déroute totale avec Aurore en était bien la preuve ; il ne comprenait rien aux femmes. Pire encore, il les mettait en danger.

Et puis Juju était tombé sur Julie. Lors d'un stage de surf auquel il s'était inscrit sur les conseils bienveillants, et insistants, de sa mère Nadine. Elle avait bien vu que son fils n'allait pas bien et, pour elle, un stage sportif, dans une ambiance favorisant les rencontres, était le meilleur des remèdes. Et puis une surfeuse pour son fils, cela lui irait bien. Il avait suivi les conseils de *Maman* avec des semelles de plomb. Rétif quand il était adolescent à tout ce qui ressemblait de près ou de loin à une colo, il fut agréablement surpris par l'accueil à l'arrivée au centre UCPA. Juju fut rassuré en constatant que les autres stagiaires n'étaient guère plus à l'aise que lui ! L'association sportive jouissait d'une certaine réputation pour celles et ceux qui recherchaient des rencontres *et plus si affinités*. L'équipe d'animation très dynamique, les moniteurs chaleureux, finirent par convaincre le jeune homme de se laisser aller et de profiter.

Toujours très réservé, Juju avait cependant été attiré par une jeune femme, quasi homonyme de prénom. Plus âgée que lui, elle semblait plus mûre que les autres filles. Ils commençaient le surf tous les deux et partageaient les mêmes difficultés à sentir la vague, à l'anticiper, à la voir venir pour la précéder juste ce qu'il fallait pour bénéficier de sa portance. Ils débriefaient le soir de leurs sensations de la journée et progressaient au même rythme. Au fil des jours et des soirées, leurs conversations se firent plus intimes. Les nouveaux amis se confièrent sur leurs déboires amoureux réciproques. Juju sur Aurore et ses blocages, Julie sur l'homme qui venait de la quitter pour une autre. La jeune femme sut communiquer, avec pudeur et justesse, son attirance pour Juju qui les perçut et prit enfin confiance en lui. La soirée *de la dernière chance* fut l'occasion de conclure.

Julie habitait à Aix-en-Provence, pas bien loin de Juju, toujours à Marseille dans son studio chez ses parents. Ils se revirent donc après le stage et s'accordèrent pour faire un bout de route ensemble. Guérir leurs blessures amoureuses était leur même moteur. Ils s'unirent pour de mauvaises raisons, pour panser leurs blessures, mais sans vraiment s'aimer. Julie, voyant l'horloge tourner, voulait un enfant et, tout bien pesé, elle estimait que Juju ferait un bon géniteur. Elle avait eu la délicatesse de lui en parler avant. Il ne s'y était pas opposé et Julie se retrouva enceinte en mars 2012.

Lorsque Juju informa ses parents de sa prochaine paternité, la nouvelle provoqua stupéfaction et consternation. Anticipant un déferlement de colère, Juju alla rapidement se retrancher dans son studio. Et de fait, une fois seul avec Nadine dans leur grand salon, Patrick ne se contint plus. Il interpella vivement son épouse, sans prendre de précaution oratoire quant au fond de sa pensée.

Avec force, il tapa de son poing sur la bibliothèque, faisant tomber un petit bouddha en plâtre qui se brisa par terre.

— Décidément, quel imbécile ton fils ! Et d'où elle sort celle-là ? Et toi, fallait que tu le pousses à s'inscrire à un stage de surf, à force de lui bourrer le crâne avec tes histoires à la con de sang polynésien ou je ne sais pas quoi ? C'étaient des cours de rattrapage qu'il avait besoin l'été dernier. À la place, il va faire le clown sur l'eau et tombe sur cette Julie qui lui met le grappin dessus avec un polichinelle dans le tiroir en prime, rageait Patrick, usant d'une image peu flatteuse et d'un autre temps.

Puis, se reprenant en voyant Nadine se baisser pour ramasser les morceaux du bibelot :

— Désolé de m'emporter, ma chérie. De toute façon, il était moche ce truc. Ça tombe bien, on voulait s'en débarrasser, conclut-il en s'agenouillant pour aider sa femme.

La deuxième lame était venue peu après, en juin, lorsque Juju annonça au téléphone à sa mère qu'il arrêtait ses études. En apprenant cette nouvelle le soir en rentrant à la maison, Patrick fut pris d'une colère noire.

— Alors là, c'est terminé le tiroir-caisse. Je lui coupe les vivres à ce fainéant. Je ne veux plus entendre parler de ce crétin, affirma-t-il d'un ton glacial qui ne souffrait aucune contestation.

Dès le lendemain, Patrick mit sa décision à exécution. Il rassembla à la va-vite, sans discernement, les affaires de son fils en même temps que quelques vieux cartons de son beau-père qui encombraient le grenier.

— Cet imbécile n'aura qu'à se débrouiller avec son foutu grand-père, ils font bien la paire ces deux-là...

Patrick fulminait. Il s'emporta et s'en prit cette fois-ci à une statuette de Ganesh qu'il avait ramenée d'un déplacement en Inde. La représentation du Dieu à tête d'éléphant rejoignit celle de Bouddha au titre des victimes collatérales de cette crise familiale. Il invita Nadine à s'arranger avec son fils pour qu'il disparût avec ses affaires.

Exit le confortable studio chez *papa-maman*, Juju se retrouva du jour au lendemain chez Julie à Aix. Cette dernière accueillit le père de son futur enfant, même si elle ne débordait pas de sentiments à son égard.

Sept mois plus tard, ce 22 décembre, Juju tournait en rond dans cette salle d'attente d'une maternité d'Aix, jusqu'à ce qu'une sage-femme vînt lui annoncer la naissance de leur fils Nathan.

Julien - Et pourquoi pas nous ?

30 mai 2015

Plus de quatre ans après leur premier baiser, Julien et Aurore étaient toujours aussi amoureux. Leur union avait résisté à leur séparation de quelques mois lors du stage étudiant d'Aurore à Barcelone. Certes, Julien avait rongé son frein alors que la distance les séparait. Il s'était inquiété, redoutant qu'elle rencontrât quelqu'un d'autre dans une ambiance type *auberge espagnole*. Cependant, Romain Duris, alias Xavier Rousseau, avait quitté sa colocation depuis belle lurette. Comme prévu, les deux amoureux s'étaient retrouvés dans la capitale de la Catalogne pour y fêter Pâques ensemble. Ce fut un grand moment, de ceux qui, imperceptiblement, cimentent une relation amoureuse. Aurore avait été touchée lorsque Julien était sorti seul, bravant cette ville qui lui était inconnue, l'arpentant à la tombée de la nuit pour lui trouver un œuf en chocolat. Un challenge pour le jeune homme dont le vocabulaire catalan se limitait à *t'estimo* qu'il aimait répéter à Aurore. Leur idylle avait aussi résisté à la découverte et aux maladresses de leurs belles-familles respectives. Les propos anticléricaux parfois acerbes de Patrick heurtaient les convictions religieuses d'Aurore. Dans le même registre, l'ambiance était soudainement devenue malaisante lors d'un dîner de famille à Elne. Ce jour-là, répondant à une question insistante de Véronique, Julien avait reconnu qu'il n'était pas baptisé. Claude, le père d'Aurore, avait heureusement apaisé les esprits. Œcuménique dans l'âme, protestant de religion, marié à une catholique, il avait rappelé à tous le principe de tolérance. Ainsi, en dépit des craintes, réserves et frustrations, les chocs culturels et religieux avaient été surmontés de part et d'autre.

Ils avaient terminé leurs études supérieures. Aurore, brillante, avait obtenu une mention et été sortie classée bien devant Julien. Au demeurant, les deux jeunes diplômés avaient d'intéressantes complémentarités quant à leurs domaines de prédilection. À Aurore les langues et les mathématiques ; à Julien l'informatique et la gestion. Après s'être accordé quelques semaines de vacances à la découverte en train de quelques pays d'Europe, les deux jeunes étaient rentrés sans difficulté, et avec détermination, dans la vie active. Aurore comme actuaire pour une compagnie d'assurance, tandis que Julien avait intégré un cabinet de conseil. Sans être riches, ils gagnaient bien leur vie et avaient déjà, ensemble, investi dans l'achat d'un logement à Marseille où l'un et l'autre avaient trouvé un emploi.

Se marier n'était pas leur priorité, ni pour Julien, ni pour Aurore, malgré son éducation catholique. Cela viendrait sans doute, plus tard, le *moment venu* en réponse aux curieux impolis qui posaient la question. Cette position partagée n'était pas une résistance à l'engagement mutuel, au contraire. Car, au mois de juin de l'année précédente, ils avaient revu une ancienne amie de lycée d'Aurore qui venait d'avoir un enfant avec son compagnon. Les voyant si heureux, et le bébé si attendrissant, Aurore et Julien s'étaient regardés et avaient considéré comme une évidence qu'ils désiraient faire un bébé ensemble. Les planètes étaient alignées et les douces nuits d'un bel été indien avaient offert des conditions propices au nécessaire, mais néanmoins très agréable, rapprochement des corps pour y parvenir.

Neuf mois plus tard, Aurore accouchait, en cette fin du mois de mai 2015, d'un ravissant petit garçon. Ils le prénommèrent Malé, préjugeant sans doute inconsciemment que le petit serait doué.

Avec Aurore, Julien avait trouvé la femme de sa vie. Celle qu'il attendait. Celle qui lui donnait confiance. Celle qui le rendait heureux. Celle qui donnait un sens à sa vie. Celle qui l'avait rendu père en portant et donnant la vie à leur enfant désiré. Grâce à l'amour, Julien existait.

Juju – Échec et séparation

30 mai 2015

Entre Juju et Julie, l'artificielle tranquillité des premières années, trop vite remplies par l'arrivée de Nathan, avait camouflé un manque d'amour réciproque.

Cet enfant, désiré par Julie mais subi par Juju, s'était retrouvé au beau milieu de parents qui n'étaient pas faits l'un pour l'autre. Au fil des mois, l'innocent enfant cristallisait une rancœur mutuelle entre ces deux âmes perdues qui s'étaient rencontrées par hasard quatre ans plus tôt.

Leur couple battait de l'aile. Des engueulades de plus en plus fréquentes, avec un crescendo pathétique dans les insultes, devenaient leur quotidien. Juju s'emportait de plus en plus, parfois à la limite de la violence physique. Comme les monstres de ses cauchemars qui le hantaient encore régulièrement.

Ils faisaient le dur constat qu'ils ne s'aimaient pas, ou du moins pas assez, pour surmonter leurs crises de couple. Ni l'un ni l'autre ne s'écoutait. Ni l'un ni l'autre ne se comprenait. Ni l'un ni l'autre ne se désirait. Ni Juju ni Julie n'avait vaincu leurs démons intimes, leurs blessures refoulées, leurs déchirures passées. À leur insu, ils étaient des victimes expiatoires. Ils se renvoyaient à la figure ce que d'autres auraient dû recevoir et assumer.

Juju avait ouvert le bal des infidélités. À l'occasion d'une formation professionnelle, il avait passé la soirée avec une vague collègue qui l'avait entrepris et avec qui il avait couché. Dans les faits, ce fut une relation fugace, meublée de plaisirs simulés. Étreintes sans émotion, rapports sans jouissance, les corps dissimulés, comme pour ne pas assumer une sordide expérience. Bien loin d'une relation torride entre amants secrets, comme souvent fantasmée dans l'imaginaire collectif. L'ayant appris, Julie n'avait pas tardé à jouer la réciprocité. Elle avait accepté les avances d'un homme plus âgé qui la courtisait depuis quelque temps. Juju les avait surpris s'embrassant sans équivoque à la sortie d'un restaurant. *Il est si différent de moi*, se dit Juju. Il les trouva presque bien assortis.

Ainsi, au bout de trop longues années, dans un climat délétère mais avec lucidité, ils décidèrent de leur séparation. Sans rancune l'un envers l'autre, ils étaient cependant bien conscients et désolés de la souffrance infligée à Nathan.

Julien - Une grosse frayeur

13 juin 2017

Après avoir travaillé pendant tout le week-end sur un dossier complexe à rendre pour le lundi, Aurore profitait d'un jour de récupération. Encore en pyjama, elle écoutait distraitement les nouvelles à la radio tout en cherchant où elle avait posé le roman *Chanson douce* de Leïla Slimani dont elle avait entamé la lecture. Julien était parti tôt le matin en déplacement professionnel.

Les informations évoquaient encore le nouveau pouvoir présidentiel qui venait de passer des mains de François Hollande à celles d'Emmanuel Macron. Les journalistes extrapolaient sur les futures relations de l'impétrant avec Donald Trump qui, depuis janvier, avait plongé le monde dans la perplexité. Aurore, qui n'était guère passionnée par la politique, avait suivi de loin la surprenante ascension et la victoire finale de cet énarque inconnu quelques années auparavant.

Aurore avait enfin retrouvé son bouquin et, confortablement installée dans le canapé du salon, elle se replongeait dans sa lecture lorsque son fils Malé, âgé d'environ deux ans, émit des grognements depuis sa chambre. La jeune maman se précipita auprès du petit qui semblait déglutir difficilement. *Il vient d'avaler quelque chose, c'est une fausse route*, pensa-t-elle. Elle le prit tout de suite dans ses bras, le tapota et constata qu'il respirait sans difficulté. Le *quelque chose* avait passé l'œsophage. Mais quoi ? Elle regarda rapidement autour d'elle, aucun indice, les jouets étaient bien trop gros. *A priori* rien de pointu, pas de sang dans la bouche. Une pièce ou une pile qui traînait par terre ? *Oui, c'est bien possible,* se dit-elle, redoutant surtout la pile.

Gardant son calme, elle téléphona à Julien.

— Dis, Julien, Malé vient d'avaler quelque chose, il a l'air d'aller bien mais je ne sais pas, c'est peut-être grave, non ? Dis, je fais quoi ?

— Écoute, ma chérie, le mieux c'est d'aller aux urgences pédiatriques à la Timone. Moi, je pars tout de suite et te rejoins d'ici trois heures max. OK ?

Elle s'empressa de préparer le jeune enfant et s'habilla à la va-vite. Elle sortit rapidement de l'immeuble, un peu ébouriffée, avec le garçonnet dans les bras, afin de rejoindre sa voiture garée plus loin dans la rue.

À l'hôpital, après avoir fait une radio, l'urgentiste rassura Aurore qui patientait avec Malé à ses côtés. Le petit, pas le moins du monde concerné par l'agitation qu'il avait provoquée, s'affairait à consulter les livres pour enfants de la salle d'attente du service pédiatrie.

— C'est bien une pièce. Dix centimes, je dirais. Une pile serait plus épaisse. Vous n'avez plus qu'à attendre.

— Merci, Docteur, mais attendre quoi ?

Elle jeta un coup d'œil à l'enfant qui avait suspendu sa lecture et levé la tête, comprenant que l'on parlait de lui.

— Qu'elle ressorte, répondit le médecin amusé.

— Qu'elle ressorte ?

— La pièce.

Perturbée par Malé qui avait définitivement abandonné les livres pour escalader ses genoux, Aurore répondit :

— Ah oui, la pièce, bien sûr.

— Par en bas, vous voyez ? Qu'elle ressorte par en bas, insista-t-il moqueur, en brossant de sa large main les cheveux du petit garçon.

— Ah oui, par en bas, bien sûr. Et c'est tout ?

Cette consultation était pour le pédiatre un agréable intermède dans son quotidien d'urgentiste. Il conclut un peu goguenard :

— Oui, surveillez juste ses selles. S'il y a du sang, ce qui est peu probable, appelez-nous. Dans quelques jours, ça devrait ressortir tout simplement par la voie naturelle. Gardez la pièce en souvenir, vous trouverez bien une occasion pour lui rappeler qu'il s'était pris pour une tirelire.

Julien arriva à l'hôpital au moment où Aurore en sortait. Elle lui raconta toute l'histoire. Cela se terminait bien, mais quelle frayeur tout de même pour les jeunes parents ! Rassurés, ils pouvaient maintenant se détendre et en plaisanter.

— Dis, c'est bizarre mais toutes ces émotions, ça me donne envie de lui faire une petite sœur ou un petit frère à notre Malé. Pas toi, Julien ?

— Là tout de suite ? s'enquit-il en ouvrant les bras comme pour la prendre au mot, en signe complice d'approbation.

— Bon ça va, arrête de te moquer. Je tiendrai jusqu'à ce soir. Mais pas plus ! lui répondit Aurore avec un sourire impatient.

Malé dans les bras de son père, ils s'embrassèrent tous les trois, comme pour sceller leur accord d'agrandir sans tarder la cellule familiale.

Juju - Entre doutes et regrets

18 juin 2017

Quelques jours plus tôt, Juju avait aperçu par hasard Aurore à Marseille. Il était trop loin pour qu'elle l'aperçût. Elle sortait avec précipitation d'un immeuble en portant un enfant dans les bras. Aurore était donc maman. Un autre homme que lui avait la chance de l'avoir comme compagne ! La vision fugace de cette jeune femme qu'il avait tant désirée était un choc. Cela ranimait le douloureux sentiment que lui, Juju, était passé à côté du bon destin ce triste soir glacé de mars 2011 quand, dans cette même ville, il avait grillé ce foutu feu.

Autre souvenir malheureux : son histoire avec Julie. Le couple s'était séparé deux ans auparavant. Avec le recul, Juju avait compris que l'un et l'autre s'étaient lancés dans cette relation pour de mauvaises raisons. Dans les crises qu'ils avaient traversées, il avait dû lutter intérieurement pour contenir cette violence qui se manifestait en lui, comme une invitée secrète indésirable.

Plus que jamais, Juju avait l'impression de se traîner dans la vie, sans but, sans objectif, sans perspective. Quand il se retournait, que lui offrait son passé ? Il en faisait une triste lecture. Une enfance peuplée de cauchemars, une adolescence à se chercher, une vie d'adulte ratée. Il était rejeté par ses parents. Il était incapable de trouver l'amour. Pire, par sa bêtise, par inconscience, il avait gâché un bonheur à portée de main. Celle d'une vie avec Aurore. *Pourquoi je ne me suis pas arrêté à ce feu ? Avec elle, tout aurait été si différent...*

Il considérait son présent avec la même amertume. Pas de situation professionnelle stable, pas d'amis à part Thomas, son copain de fac avec qui il avait encore des contacts. Pas d'argent, pas de loisirs, pas de passion...

La bouée à laquelle il s'accrochait maintenant était son fils Nathan. *Et pourtant je ne l'ai pas désiré ce pauvre gamin,* repensait-il. Et voilà que maintenant, c'était son fils qui le faisait tenir. C'était son phare, celui pour qui il voulait se battre. Se prouver que, lui, Juju était un gars bien ou, du moins, un bon père. *Mais était-ce vraiment le cas ? Suis-je vraiment digne de mon fils ? Pourrais-je lui donner ce qu'il mérite ?*

Regrettant le passé, désespérant du présent, Juju avait du mal à regarder vers le futur.

Julien - Peur sur la ville

1er décembre 2018

Depuis un mois, la France était en effervescence. Tout était parti d'un fort mécontentement contre l'augmentation des taxes sur les carburants, de nombreux manifestants avaient adopté le gilet jaune fluorescent comme symbole de leur protestation contre la politique du gouvernement et le président Macron. Ils revendiquaient pêle-mêle plus de justice sociale, un meilleur pouvoir d'achat, une réforme de la fiscalité et ils exprimaient leur défiance vis-à-vis du jupitérien Emmanuel Macron.

Non structuré, sans *leader* affirmé, ce mouvement populaire avait pris une ampleur considérable et les autorités semblaient débordées. Comme toujours, les médias s'étaient emparés du sujet et relayaient sans discontinuer les images de ronds-points et de péages bloqués, d'interviews des contestataires, de manifestations plus ou moins spontanées sans oublier les micros-trottoirs pour la *vox populi.* Depuis trois semaines, chaque samedi, de grandes manifestations animaient le pays. Et ce samedi 1er décembre 2018 était annoncé comme l'acte III des « gilets jaunes ».

Depuis Marseille, Aurore et Julien étaient montés à Paris pour y passer le week-end et y voir des amis. Pendant que le petit Malé était laissé aux soins des parents paternels, le jeune couple était hébergé chez ceux d'Aurore dans le 17e. Tous les quatre s'estimaient sensibles au dénuement d'une partie de la population. En réalité, ils étaient trop éloignés des préoccupations des manifestants. Leur aisance financière, leur environnement socioculturel, les sphères professionnelles dans lesquelles ils évoluaient, ne leur permettaient pas de mesurer concrètement la détresse de personnes beaucoup moins favorisées.

Assis dans le grand salon du cossu appartement parisien de Véronique et Claude, chacun y allait de son commentaire sur l'actualité sociale.

— Bon, je comprends les problèmes de ces gens-là, mais bon là, ils abusent, maugréait Julien. On a bien compris qu'ils n'étaient pas contents avec leurs manifestations, leurs barrages et tout ça. Mais ce n'est pas en bloquant le pays qu'ils vont arranger les choses.

— Franchement, ça devient un peu lourd à force… ajouta Aurore contrariée à la perspective d'un week-end perturbé.

Les parents d'Aurore n'étaient pas en reste. Claude s'extirpa de son confortable fauteuil Kubus en cuir pour aller vers la fenêtre, afin de vérifier la présence des forces de l'ordre. Rassuré à la vue des uniformes, omettant ses grands principes de tolérance, il exprima le fond de sa pensée en grognant :

— Bien d'accord, ce n'est pas en foutant le bordel et le feu au pays que ça ira mieux. Quelle image de la France nous donnons aux autres pays avec ces espèces d'énergumènes et leurs gilets fluo qui se baladent en gueulant dans les rues !

Son épouse Véronique, un verre de Suze à la main, renchérit d'un ton aussi condescendant que péremptoire :

— Certes, ces gens n'ont de pas chance, c'est sûr. Mais quand on veut, on peut toujours s'en sortir, n'est-ce pas ? C'est une question de volonté !

— En tout cas, Véro et moi, on reste au chaud ici ce soir. Bon courage à vous, les jeunes, pour votre restaurant avec vos amis... conclut Claude en adressant un sourire grimaçant à sa fille et à son gendre.

À Marseille, du côté des parents de Julien, les jugements étaient nettement plus nuancés. Patrick venant d'une famille ouvrière, il avait dû se battre pour faire des études et réussir une belle carrière professionnelle. Il n'oubliait pas d'où il venait. Cet homme avait connu des fins de mois difficiles. Certains de ses proches avaient été licenciés sans ménagement sur l'autel de la restructuration industrielle et de la mondialisation. Il les avait vus se battre sans retrouver d'emploi puis sombrer lentement. Il avait conscience de la terrible spirale du surendettement. Patrick avait de l'empathie pour cette part croissante de la population à la limite de la précarité. Solidaire des manifestants, il espérait que Macron les entendrait. Qu'à défaut de pouvoir les comprendre du haut de son piédestal, le jeune président prendrait des mesures pour répondre à leurs légitimes revendications. Patrick reconnaissait la chance qu'il avait eue de s'en sortir. Venant d'en bas, il mesurait combien réussir demandait des efforts. C'est pour cela qu'il avait poussé sans relâche ses enfants, Julien et Lhéa, parfois rudement, à faire de brillantes études. Certes, Julien n'avait pas fait une école prestigieuse, mais il s'en sortait très bien. Et quant à Lhéa, elle se destinait au barreau. Patrick était fier d'eux, même si, taiseux, il ne l'exprimait guère. Nadine était aussi sensible à la détresse de cette population à la limite de la pauvreté. Son père, Michel, ancien ouvrier puis garagiste indépendant, dur à la tâche, avait bien souvent tiré le diable par la queue. Elle saisissait pleinement l'exaspération et la colère exprimées dans ces manifestations brouillonnes.

Aurore et Julien s'attendaient bien à quelques débordements en marge des manifestations des « gilets jaunes » à Paris. Ils avaient néanmoins maintenu de dîner avec leurs amis dans un restaurant vers Trinité. Quand ils en sortirent vers vingt et une heures pour retourner chez les parents d'Aurore, ils furent stupéfaits par l'ampleur des émeutes. Après avoir descendu la rue de Mogador, ils remontèrent le boulevard Haussmann depuis les grands magasins, passèrent par Saint-Augustin, prirent l'avenue de Friedland, bifurquèrent vers la place des Ternes et enfin remontèrent vers l'Arc de Triomphe. Ils évoluaient dans une cité semblant dévastée par une guerre civile. Les pavés avaient été arrachés pour servir de projectiles contre les forces de l'ordre, des palissades de chantier étaient amoncelées telles des barricades. Le mobilier urbain était défoncé, les vitrines non protégées explosées, les distributeurs de banque vandalisés, les murs tagués de « Macron en prison » ou encore de « ACAB ». Les avenues étaient jonchées de véhicules calcinés. Seule une vénérable Citroën DS blanche avait respectueusement été épargnée au croisement des boulevards Malesherbes et Haussmann, telle une survivante au milieu d'un champ de ruines apocalyptique. Au fur et à mesure qu'ils avançaient vers la place de l'Étoile, Aurore et Julien percevaient les échauffourées grandissantes entre manifestants et forces de l'ordre. Cris, hurlements de haut-parleurs, bruit sourd de canons, fumée de gaz lacrymogène, groupes de fuyards courant dans les rues… Visions, sons, odeurs, tout n'était que désordre et violence. Arrivant tout proche de la place de l'Étoile, ils furent presque renversés par des émeutiers poursuivis par des CRS. Quelques mètres plus loin dans la pénombre, ils aperçurent, gisant sur le trottoir, les pieds dans le caniveau, une dizaine de personnes interpellées, les mains liées dans le dos, en attendant d'être embarquées dans un fourgon. Un policier leur enjoignit de ne pas traîner dans le coin. Des scènes impensables dans une ambiance surréaliste, digne d'un scénario dystopique. Enfin, ils rentrèrent chez les parents d'Aurore à l'abri dans leur confortable logis.

Ce quinquennat, si prometteur un an plus tôt, était bien mal engagé. Et au fond de lui, Julien était bien conscient d'avoir été favorisé par le destin et de se trouver du côté des privilégiés.

Juju - Acte III

1er décembre 2018

Sans vivre de façon précaire, Juju n'avait jamais eu de cap professionnel bien défini. D'une part, avec juste le bac en poche, il ne pouvait guère prétendre à des postes à responsabilités ni à une confortable rémunération. D'autre part, sans être militant, Juju avait plutôt une sensibilité de gauche avec des valeurs plus sociales et égalitaires que libérales et conservatrices. Il se sentait de moins en moins à l'aise dans une société toujours plus consumériste. Juju était attentif aux thèses des partisans de la décroissance économique avec la conviction que c'était l'unique voie à suivre afin de lutter contre le réchauffement climatique. *Les arbres ne montent pas jusqu'au ciel,* il trouvait bien approprié ce proverbe cher à son grand-père Michel.

Aussi, Juju avait fait le choix de travailler comme intérimaire, changeant de boulot au gré de ses envies et des offres. Cela répondait à son besoin d'indépendance et de découverte. Il avait fait bien des métiers, caissier en supermarché, livreur de colis, manutentionnaire dans un entrepôt, cantonnier pour une collectivité, vendeur en magasin, gardien de musée, etc. Autonome, intelligent, dégourdi, le professionnalisme de Juju était souvent apprécié par ses patrons. À la suite de missions, on lui avait plusieurs fois proposé des postes en CDI. Il avait toujours refusé, préférant une forme de liberté assumée à la coercition du salariat. Juju avait pris l'initiative de créer sa petite autoentreprise, ce qui lui permettait de faire ici où là des prestations de services pour arrondir ses fins de mois. Il était satisfait de cette situation, ainsi il vivait modestement, mais en étant digne et cohérent avec ses convictions. Ses rapports avec Julie s'étaient apaisés. Entre eux, pas de coupable, ni de victime. Plus de rancune, ni de rancœur, ces émotions toxiques qui empêchent en réalité de faire face à ses propres problèmes.

Juju n'avait pas un cercle social et amical très développé. Il ne s'était pas remis en couple non plus. Il n'en ressentait d'ailleurs pas le besoin. Au contraire, il préférait éviter les relations amoureuses. Il avait assez souffert et avait suffisamment fait souffrir. Au fond, il n'était pas fait pour aimer, ni pour être aimé. C'était clair maintenant, il l'avait admis.

Il n'avait guère de véritable ami à part Thomas. Ce dernier, qui travaillait à La Poste, l'avait plus ou moins intégré dans son cercle de connaissances dont certaines avaient rejoint le mouvement des « gilets jaunes » en tant que militants.

Bien sûr, il soutenait leurs revendications même s'il estimait que cela partait dans tous les sens. Juju n'adhérait pas à la violence de certaines actions. Lucide, il s'inquiétait de la récupération du mouvement par certains groupuscules extrémistes. Il avait bien essayé en vain d'en discuter avec ses nouveaux camarades. Ces derniers, aveuglés par leur succès médiatique et leurrés par l'illusoire sympathie de l'opinion à leur égard, lui apparaissaient de plus en plus radicalisés. Malgré ses réserves, et un peu à contrecœur, Juju avait néanmoins accepté de suivre ses nouveaux copains « gilets jaunes » afin de participer à la grande manifestation à Paris : l'acte III.

Après avoir passé l'après-midi à chercher une manifestation structurée pour s'y joindre, refoulés par la police de la zone interdite de l'hypercentre de Paris, Juju et son petit groupe de camarades s'étaient retrouvés en fin de journée vers les Champs-Élysées et la place de l'Étoile. Il était bien conscient d'être en décalage et que la tournure des évènements était imprévisible. Cependant, solidaire, il restait avec ses camarades. Les forces de l'ordre étaient très nerveuses, l'air était chargé d'une palpable tension. Bruits sourds de canons, fumées lacrymogènes, cris, bruits de charges. Des jeunes cagoulés, casseurs, *black blocs* passaient en courant devant eux. Une cinquantaine de mètres derrière, des policiers en civil, identifiables par leurs brassards, les coursaient. En retrait, un groupe de CRS s'apprêtait à charger, très impressionnants avec leurs carrures et leurs lourds équipements. *Des robocops*, pensa Juju. Lui et ses camarades prirent peur et se mirent à fuir. Mauvais réflexe, ils furent pris en chasse comme les casseurs qui, bien plus véloces et organisés, étaient déjà loin. Vite rattrapés, plaqués au sol, ils se retrouvèrent les mains menottées derrière le dos et conduits *manu militari* avenue Carnot pour être regroupés, assis par terre à même le caniveau, la tête basse, avec quelques autres personnes interpellées. De loin, un couple de passants éberlués se pressait, évitant de les regarder comme craignant d'être dans le même lot. Confusion totale, incompréhension, longue attente avant d'être embarqués dans un fourgon pour un commissariat. Dans la nuit, Juju fut présenté à un officier de police judiciaire. Par chance, son calme, ses explications claires et son casier vide plaidèrent pour lui, il sortit libre, ainsi que ses camarades d'infortune, avec un simple rappel à l'ordre.

Avec cet épisode violent et inattendu, Juju mesura la fragilité du destin. Se retrouver au mauvais endroit au mauvais moment. Passer au rouge plutôt que s'arrêter comme après ce concert avec Aurore il y a si longtemps...

Julien – Le test ADN

1er juillet 2020

Depuis quatre mois, le monde entier était comme à l'arrêt. La pandémie de covid-19 s'était abattue sur l'humanité entière lui rappelant sa fragilité. Parti de Wuhan en Chine, le virus responsable, entraînant une maladie respiratoire sévère, s'était propagé comme une traînée de poudre à l'échelle planétaire ; effet collatéral de la mondialisation, du développement des échanges et des transports. Face à la méconnaissance du virus et de ses risques, tous les pays avaient alors pris à l'unisson des mesures drastiques de confinement. En France, le « grand confinement » avait duré un mois et demi entre mars et mai.

Ce fut dans cette période absolument inédite que Luce, la deuxième enfant d'Aurore et Julien, vint au monde à la Timone, comme son frère aîné. Aurore avait été privée d'une fin de grossesse sereine et heureuse. La maman avait accouché de sa fille dans un environnement digne d'un film catastrophe. Julien avait dû batailler ferme pour assister à la naissance. Les parents d'Aurore n'avaient pas pu venir la voir, ni pendant sa grossesse, ni après l'accouchement. Géographiquement bien plus proches, Nadine et Patrick avaient pu user de quelques « attestations de déplacements dérogatoires ».

Malé avait été pénible, hurlant pour réclamer l'attention, parfois mutique, incapable de jouer seul à part pour gribouiller des dessins. Le jeune garçon souffrait de terreurs nocturnes qui perturbaient grandement les nuits de ses parents, surtout celles d'Aurore qui avait besoin de repos. Une période surréaliste que personne, à part possiblement les lointains auteurs responsables de cette pandémie, n'aurait imaginé quatre ou cinq mois auparavant. Heureusement, l'accouchement s'était bien passé pour Aurore et le bébé. De ses yeux d'une couleur indéfinie, la petite Luce portait un regard incertain sur tous ces visages masqués qui se penchaient sur elle.

Ce confinement avait par ailleurs ravivé des tensions dans le cercle familial. En effet, Lhéa était partie vivre avec Thomas, l'ancien copain de fac de Julien. Alors que cette dernière aurait pu passer cet isolement dans la maison de ses parents avec terrasse et jardin, elle s'était enfermée dans quarante mètres carrés sans même un balcon avec ce gars. Julien n'avait pas une grande estime pour lui. En 2012, Thomas avait arrêté ses études sans que l'on comprît pourquoi et leurs chemins avaient alors bifurqué. Julien, en phase avec son père Patrick, ne comprenait pas du tout Lhéa. Elle qui terminait ses brillantes études de droit, que trouvait-elle donc à ce garçon sans situation et plus âgé qu'elle ?

À cette même période, Julien avait reçu les résultats de tests ADN dits à « usage récréatif ». Il les avait faits, en toute illégalité au regard de la loi française, *via* une société américaine spécialisée dont lui avait parlé un ami. Contre paiement d'une centaine d'euros, il avait reçu un simple kit avec une sorte de Coton-Tige et des instructions pour récupérer sa salive et envoyer le tout dans un centre d'analyses aux USA. Non qu'il s'attendît à des révélations particulières mais, poussé par son ami, il avait consulté le site de la société et avait trouvé le concept intéressant, sans y attacher beaucoup plus d'intérêt.

Julien fut cependant très surpris de la répartition de ses origines ethniques. Certes, il n'attendait pas un cent pour cent « français ». Il savait très bien que cela n'avait aucun sens et que les nombreux brassages de populations avaient contribué à mélanger les origines depuis fort longtemps. Avoir du sang ibère, scandinave, voire moyen-oriental ou même d'Asie centrale ne l'aurait pas surpris. Mais la part très importante d'origine polynésienne l'interpella, car, à part la passion de sa mère pour les sports de glisse, et le surf en particulier, rien dans sa généalogie n'expliquait une telle proportion. Il mit cela sur le compte de la marge d'erreur ou d'une stratégie commerciale afin de l'amener à souscrire des services additionnels pour avoir toujours plus de détails. Il en parla à Aurore et estima qu'il n'était pas nécessaire de faire plus de publicité concernant ses investigations génétiques, au demeurant légalement répréhensibles. Et puis la lumineuse Luce venait de poindre le bout de son nez et ça, c'était bien plus intéressant.

Juju – Lecture de documents anciens

Juillet 2020

Séparé de Julie depuis maintenant cinq ans, Juju avait plusieurs fois déménagé au gré des emplois plus ou moins précaires qu'il avait trouvés. Depuis un an, il avait un boulot d'ambulancier qu'il avait appris à apprécier. Il ne faisait pas fortune, mais il prenait à cœur de s'occuper des personnes les plus vulnérables. Ce métier avait donné un peu de sens à sa vie et l'avait réconcilié avec la société.

Il avait longtemps été en colère, contre ses parents, les gens qui réussissent et la société qui le rejetait. Il en avait aussi voulu à Julie, estimant que c'était sa rencontre, durant l'été 2011, qui avait chamboulé sa vie. Ils s'étaient mis ensemble vite, trop vite et surtout Julie était tombée enceinte et Nathan avait déboulé dans sa vie alors qu'il n'avait qu'une vingtaine d'années. C'était bien trop tôt, il avait dû abandonner ses études, certes pas très avancées, pour subvenir à ses besoins. Ses parents avaient très mal pris cette décision. S'il avait gardé quelques relations avec sa mère Nadine, il avait en revanche coupé les ponts avec son père Patrick depuis que ce dernier l'avait mis dehors en jetant ses affaires sur le trottoir.

Il avait gardé contact avec son grand-père Michel ainsi qu'avec sa petite sœur Lhéa. Elle aussi était en froid avec leur père Patrick depuis qu'elle s'était mise en ménage avec Thomas. Car le vieux pote de Juju avait eu un parcours de vie compliqué, il avait arrêté ses études pour devenir facteur. *Aucune ambition, un* loser*, ma fille mérite bien mieux*, voilà ce que se disait sans aucun doute Patrick, engoncé dans ses certitudes. Peu importait à Juju, Thomas était un bon gars, amoureux de sa sœur dont il prenait soin. À l'évidence elle l'aimait tout autant. N'était-ce pas là l'essentiel ?

Avec le temps, Juju avait muri et accepté sa situation. Il aimait son fils Nathan qui allait avoir huit ans. Il le voyait pendant les vacances et il assumait tant bien que mal sa contribution financière et sa part d'éducation.

Depuis quelques mois, le covid avait rebattu les cartes. Lui, le paria de la famille, faisait partie des travailleurs indispensables. Ceux qui, pendant quelques semaines, sortirent de l'ombre, encensés par la nation et acclamés depuis les balcons. Sans illusion, il savait bien que cette reconnaissance passerait vite et que ses pairs dits « essentiels » redeviendraient, dès cette pandémie passée, aussi invisibles qu'avant.

Après une période d'activité intense depuis mars, il avait eu droit à deux semaines de congés dont il profitait depuis quelques jours. Seul dans son petit deux-pièces, pris d'une envie de rangement, Juju retomba sur de vieux cartons stockés dans sa petite cave. Il se rappela qu'il s'agissait de ceux que son père avait déversés comme de vulgaires déchets sur le trottoir avec toutes ses affaires, lorsque, fou de colère, il l'avait mis à la porte huit ans plus tôt. Juju avait toujours trimbalé tout ce vrac sans y prêter attention. Il y avait vaguement vu de vieilles photos, d'anciennes cartes postales, des titres de transport, des actes manuscrits et des lettres jaunies par le temps. Opportunément, ce temps libre était l'occasion d'un rapide examen de ces reliques familiales avant de s'en débarrasser définitivement.

Il réalisa que ces vieux documents concernaient la famille de son grand-père Michel. Le rapide coup d'œil se transforma en jours et en nuits blanches. Plein d'enthousiasme, Juju consacra toutes ses vacances à éplucher les papiers, à localiser les photographies, à décrypter les actes administratifs, à déchiffrer des lettres manuscrites, à effectuer des recherches documentaires... Comme investi d'une mission, il se passionnait pour ce travail de pseudo-généalogiste mettant au jour des histoires surprenantes d'un passé et d'ancêtres ignorés jusqu'alors.

Avec minutie et persévérance, le jeune homme analysa et recoupa les informations, vérifia la cohérence des dates entre les actes, les courriers, les photos lorsqu'elles étaient datées. Internet fut d'une aide très précieuse pour accéder à des bases de données, des registres historiques, des archives numérisées. Les premières fonctionnalités grand public d'intelligence artificielle pour l'analyse d'images lui permirent d'identifier des lieux d'après de vieilles photographies. Il s'appuya largement sur des forums et des communautés en ligne pour poser des questions, obtenir des conseils. Même les réseaux sociaux, pourtant souvent décriés, contribuèrent aux recherches de Juju. Ainsi, avec patience et méthode, Juju dévoila des informations totalement inédites sur sa famille maternelle.

Il demeurait pantois face à l'ampleur de ses trouvailles.

Aristide

1904

Aristide avait débarqué environ un an plus tôt à Tahiti pour s'éloigner de sa famille trop conservatrice et puritaine à son goût, mais avant tout pour fuir quelques malfrats avec lesquels il avait fait plusieurs affaires douteuses. Il avait dû prendre la poudre d'escampette avec précipitation, quittant la France pour une destination la plus lointaine possible, à l'abri de représailles. Fort heureusement pour lui, il n'était pas parti les mains vides, ce qui n'était pas sans lien avec son départ précipité. Ainsi, avec ce qu'il avait en poche, il avait de quoi tenir quelques années en menant une vie simple et discrète dans un lieu reculé où personne n'aurait ni l'idée, ni le temps, ni l'argent pour venir le chercher.

Il avait d'abord fui en Angleterre puis rejoint Liverpool où il avait réussi à avoir une place en troisième classe à bord du *SS Arabic* de la White Star Line à l'occasion de son voyage inaugural pour les États-Unis en juin 1903. Sans s'éterniser, il les avait traversés d'est en ouest pour rejoindre la Californie afin d'embarquer vers Tahiti, sa destination finale.

Imitant sans le savoir le controversé Paul Gauguin, Aristide s'était mis en ménage en Polynésie avec une très jeune indigène, du joli nom de Mahana, d'environ quatorze ou quinze ans. La très jeune fille avait été séduite par ce jeune homme blanc d'une vingtaine d'années, beau, sûr de lui avec son regard azur. De sa voix grave et profonde, qui lui conférait une autorité naturelle, il lui racontait les mille contrées et aventures qu'il avait traversées. Ses parents également avaient apprécié ce personnage charmeur, haut en couleur mais accessible, curieux et respectueux de leurs traditions et, qui plus est, doté d'une certaine aisance financière. L'aventurier avait été accueilli avec bienveillance par les Tahitiens. Cela étant, en donnant l'impression d'être leur bienfaiteur, il profitait avant tout de leur hospitalité. Sa capacité d'illusion était le principal talent d'Aristide, déjà largement éprouvée dans sa précédente carrière de petit escroc. Sur un autre plan, il imposait à sa compagne une intense activité sexuelle, abusant sans relâche du corps tout juste pubère de la jeune adolescente sans s'embarrasser de son consentement. En assouvissant sans états d'âme ses plaisirs érotiques, il n'avait pas anticipé que la jeune vahiné pût tomber enceinte. Il s'accommoda néanmoins de la situation estimant que cette vie polynésienne n'était somme toute pas désagréable. En 1904 naquit une petite fille, prénommée Tiarehere, fleur de l'amour, sentiment toutefois bien étranger à son égoïste géniteur.

Julien - Un étrange accident

6 septembre 2023

Le temps était magnifique à Paris ce jour-là. Aurore et Julien avaient quitté Marseille deux ans plus tôt afin de s'installer à Paris. En s'inscrivant à contre-courant des demandes de mobilité vers la province dans la période post-covid, l'un et l'autre avaient négocié d'intéressantes promotions professionnelles. Profitant d'une belle plus-value lors de la revente de leur bien marseillais, de l'augmentation significative de leurs rémunérations et d'une possibilité d'emprunt à taux bas, ils avaient fait l'acquisition d'un lumineux appartement rue Dulong dans le 17e arrondissement. Lorsqu'il n'était pas en déplacement, Julien travaillait vers le Palais Brongniart en plein cœur de la capitale. Ce matin-là, plutôt que de prendre comme à son habitude la ligne 3 à Villiers, il décida d'utiliser son scooter pour se rendre au travail. Peu expérimenté, guère motard dans l'âme, il avait tout de même passé la courte formation obligatoire permettant de conduire une moto légère. Julien avait acquis dans la foulée un petit deux-roues qu'il n'utilisait que lors des grèves des transports ou par beau temps pour de petits trajets.

Julien était de bonne humeur, sentant le souffle déjà chaud de l'air, en se faufilant dans la circulation. Cependant, ses pensées allaient à cette triste nouvelle qu'il avait apprise à la radio concernant le suicide d'un pauvre gamin d'une quinzaine d'années, persécuté dans son collège. Cela lui rappela combien son adolescence n'avait pas été une période facile. Au moins à son époque les réseaux sociaux n'étaient pas encore ce vaste déversoir de désinformation, de fiel et de haine. Comme de nombreuses personnes, Julien avait également été très choqué par l'assassinat monstrueux du professeur Samuel Paty. Au-delà de la barbarie de l'acte terroriste lui-même, le rôle amplificateur et dramatique des médias digitaux, utilisés de façon la plus abjecte, l'effarait. C'était un terrible exemple, à l'image du harcèlement numérique, de la face terrifiante de ces outils de communication.

Tout à ses glaçantes réflexions, alors qu'il débouchait sur la rue Auber depuis la rue des Mathurins, Julien ne vit pas le feu devant lui passer au rouge. Pas plus qu'il n'avait porté attention à la jeune femme engagée sur le passage piéton et qui donnait la main à un petit garçon. Il fit une très brusque embardée pour éviter la mère et l'enfant.

La dernière image qu'il enregistra fut celle d'un homme qui traversait également la rue. Trop tard pour réagir. La collision avec l'individu fut inévitable.

Juju – Rencontre avec son destin

6 septembre 2023

Le temps était magnifique. Juju quittait son hôtel boulevard des Capucines, à Paris. Il y séjournait depuis le début de la semaine, dans le cadre d'un déplacement professionnel. Il décida de se rendre à pied à la gare Saint-Lazare, en remontant par l'Opéra. Il avait de la marge pour prendre son train plus tard dans la matinée. C'était l'occasion de profiter d'une petite balade dans la capitale avant de se retrouver enfermé dans un wagon.

Tout en marchant, Juju méditait sur ses lointains idéaux en les confrontant à la réalité de sa vie d'adulte. Pas glorieux comme bilan… Ses pensées revenaient sans cesse à cette soirée avec Aurore. *J'ai vraiment bien merdé ce soir-là…* ressassait-t-il en son for intérieur.

Sans s'en rendre compte, Juju avait bien avancé et se retrouvait à attendre le signal vert à un passage piéton. Juste à côté de lui se trouvait un petit garçon d'environ quatre ou cinq ans, accompagné de sa mère. Le gamin était comme hypnotisé par une dame corpulente à quelques mètres d'eux. Sans doute du fait de la chaleur, la forte femme affichait un décolleté débordant. Elle arborait avec fierté une poitrine pour laquelle la qualification d'opulente était en deçà de la réalité. La dame tenait en laisse un petit chien, dont le regard bleu glacé et l'expression flegmatique faisaient étrangement penser à Alain Delon.

— Maman, Maman, t'as vu la madame qu'a des gros nichons. Là, tu vois, là là, avec un toutou ! s'exclama l'enfant en gesticulant comme un diable et en tirant avec énergie le bras de sa mère.

— Chuuuut Lucien, on ne parle pas comme ça ! lui chuchota sa mère, rouge de confusion, en se mettant à la hauteur de l'enfant. Et puis d'abord, qui t'a appris ce mot ? Je suis certaine que c'est ton père qui te parle comme ça, non ?

Elle espérait que la dame n'avait rien entendu.

Juju trouvait la situation très drôle, un léger sourire au coin de la bouche. Observant discrètement la dame, il comprit à son attitude qu'elle avait tout capté et n'en prenait pas ombrage. Bien au contraire, elle semblait ravie.

Le feu passa au rouge, le petit bonhomme au vert. La maman et son fils s'engagèrent sur les bandes blanches et Juju leur emboîta le pas, à peine un mètre derrière. C'est alors qu'un scooter, évitant de justesse la mère et son enfant, lui fonça droit dessus.

En une fraction de seconde, Juju comprit que son destin s'arrêtait là.

Partie III

Le passé inconnu

Sortie de coma

8 septembre 2023

Julien entendit des bruits et des voix autour de lui. Tout était confus, brumeux. Il ressentit une forte angoisse. *Où suis-je ? Que s'est-il passé ? Suis-je mort ou vivant ?* Il percevait qu'on lui parlait. Il ne comprenait pas bien, mais les sonorités qui lui parvenaient étaient rassurantes. Il avait envie de revenir, de répondre à cette voix familière.

Petit à petit, Aurore voyait Julien revenir à lui. Les médecins lui avaient expliqué que Julien serait peut-être un peu agité en se réveillant du coma artificiel dans lequel il avait été plongé. Le corps médical avait pris cette décision pour préserver son cerveau du violent traumatisme crânien que Julien avait subi deux jours auparavant. Ses paramètres vitaux s'étaient rapidement stabilisés, et la décision avait été prise de déclencher son réveil en arrêtant l'administration de sédatifs.

Ouvrant les yeux, un peu ébloui, Julien reconnut sa compagne Aurore. Il n'avait pas non plus oublié qu'ils avaient un garçon et une fille.

— Julien, bonjour, mon amour ! Tu m'entends ? Tu me reconnais ? Je suis Aurore, ta femme, s'enquit-elle toute souriante en le voyant ouvrir les yeux.

— « *Con la luz de tu sonrisa* », murmura Julien, puis d'une voix plus forte, oui bien sûr, ma chérie. Mais où sont les enfants ? s'inquiéta Julien en balayant du regard l'impersonnelle chambre d'hôpital.

— Tout va bien, ils vont bien, ne t'inquiète pas. Ils sont à l'école en ce moment. Demain, c'est le week-end, ils pourront venir te voir. Dis-moi, toi, comment te sens-tu ?

— Grave dans le gaz là. J'ai le cerveau tout embué, du coton. J'ai du mal à réfléchir. Pourquoi je suis là ? Que m'est-il arrivé ? J'ai le souvenir d'un accident puis fini, plus rien.

— Oui, en fait il y a deux jours, tu as eu un grave accident de scooter en allant au travail, vers l'Opéra.

La mémoire revenant peu à peu à Julien, il questionna :

— Ah oui… Et l'homme que j'ai percuté ? Comment va-t-il ? Il s'en est sorti, j'espère !

— Quoi ? Quel homme ? De qui parles-tu ? Julien, personne n'a été percuté. Au contraire, tu as heureusement réussi à éviter une mère et son enfant. Toi, tu as chuté et violemment percuté le trottoir avec ta tête. Tu es le seul blessé, Julien.

Le médecin présent, qui se tenait un peu en retrait, intervint.

— Madame, il faut laisser votre mari se reposer, il sort tout juste du coma et il doit être ménagé. Voyez, il se rendort presque.

Aurore acquiesça d'un hochement de tête tout en lançant un regard interrogateur.

— Oui, je comprends, Docteur, mais vous avez entendu ses propos incohérents ?

— Ne soyez pas inquiète, madame, le réveil est une phase délicate, les cellules du cerveau doivent se reconnecter. Il peut avoir des hallucinations ou des délires. C'est normal.

— Oui mais quand même, il était si affirmatif dans ses propos... Vous l'avez entendu vous-même, renchérit-elle avec une moue dubitative.

— Ne vous inquiétez pas, il n'est resté que deux jours en coma artificiel. Il va bien, soyez rassurée.

— Merci, Docteur, je reviens demain avec nos enfants. Ils seront trop contents de voir leur père.

À son réveil, plus tard, alors qu'il était seul dans sa triste chambre, Julien se refit le film de l'accident. Il en était sûr et certain ; il avait bien heurté un homme ce matin-là. C'était la dernière image qu'il gardait à l'esprit, un homme qui lui ressemblait étrangement et qui le regardait, impuissant, lui foncer dessus. Une image au ralenti comme les scènes d'accident dans les films. Une vision comme suspendue, quand une fraction de seconde dure une minute, quand le cerveau enregistre une multitude de détails auxquels on ne prête pas attention en temps normal. Oui, il avait bien vu cet homme, tel un frère jumeau, qui le fixait d'un air ébahi, presque résigné, avant l'inévitable choc.

Julien se rétablit vite, les contusions dues à sa chute violente et son traumatisme crânien s'étaient avérés moins graves que ce qui avait été craint. Les docteurs n'avaient détecté aucune lésion lors des examens complémentaires. Toute sa mémoire lui étant revenue, Julien n'avait rencontré aucune difficulté à reconnaître ses enfants, ses parents, sa sœur Lhéa, quelques amis et collègues et même son grand-père Michel qui était passé lui rendre visite malgré ses quatre-vingts ans passés.

Toute sa mémoire... Les docteurs avaient souligné son rétablissement rapide. Cependant, Julien ne leur avait pas fait part de tous ses ressentis. Car de la mémoire, il avait l'impression d'en avoir plus qu'avant... Depuis plusieurs jours, des souvenirs flash se superposaient aux siens. Il les distinguait de façon séparée, comme s'ils lui parvenaient d'une zone à part de son cerveau, comme filmés avec une pellicule spéciale, ou avec un filtre. Dans ces souvenirs « nouveaux », il voyait un petit garçon prénommé Nathan, une certaine Julie aussi et bien d'autres personnes qu'il ne reconnaissait pas. Dans ces réminiscences, il pratiquait le surf, conduisait une ambulance, participait à des manifestations et se retrouvait même menotté dans un panier à salade ! Ces souvenirs étaient également peuplés de personnes qui lui étaient familières : ses parents, Lhéa, Michel, mais aussi Thomas et enfin Aurore qui, dans cette mémoire nouvelle, n'apparaissait qu'une seule fois sortant de chez eux avec Malé dans les bras. Et surtout, ce n'était pas sa compagne…

Aussi intrigué qu'inquiet, Julien décida d'en parler à sa femme qui, pour son plus grand réconfort, était bien Aurore.

Mémoire d'un autre

11 septembre 2023

Sans qu'il sût qu'au même moment apparaissait dans le ciel de New York un double arc-en-ciel comme un hommage aux victimes des attentats de 2001, Julien s'apprêtait à parler à Aurore de ses *nouveaux souvenirs*. Ce n'était pas chose facile. *De quelle manière puis-je lui raconter cette histoire sans qu'elle me prenne pour un fou* ?

Même si Aurore et Julien étaient très proches, souvent à l'unisson, presque fusionnels, certaines choses étaient tout de même difficiles à croire. Ces deux scientifiques de formation, analytiques, rationnels, n'avaient guère d'appétence pour le mystique, l'occultisme, l'astrologie, les arts divinatoires et autres parasciences.

— Je ne suis pas superstitieux, ça porte malheur, s'amusait souvent à dire Julien pour se moquer un peu de lui-même.

Aurore avait toujours eu la bosse des maths, en particulier en statistique et en recherche opérationnelle. Du moins lorsqu'il s'agissait de problèmes théoriques. Car Julien, bien qu'à la traîne côté notes, avait toujours une certaine supériorité pratique dans *l'approche quantitative permettant de produire de meilleures décisions.* Par exemple s'agissant d'optimiser le chargement du coffre de la voiture lors des départs en vacances. Aurore le lui concédait bien volontiers. Sur le trottoir, au pied de l'immeuble où Julien s'affairait devant le haillon ouvert, s'engageait alors un dialogue presque cérémoniel :

— Mon chéri, tu as besoin de moi pour charger la voiture ? s'inquiétait faussement Aurore, connaissant d'avance la réponse.

— T'inquiète, ça ira. Ce que je demande juste, c'est que vous ne veniez pas, les enfants et toi, vous pointer avec une valise de plus, répondait alors Julien aussi affairé que ronchon.

— Je comprends, bien sûr. C'est toi le meilleur, je t'aime, mon chéri, ajoutait Aurore pour conclure, un brin moqueuse, sachant très bien qu'il restait au moins deux ou trois sacs à charger.

Le problème auquel Julien était confronté ce jour-là était d'une tout autre nature. Autrement plus compliqué que de loger trois mètres cubes de bagages dans un volume de quatre cents litres. Comment annoncer être envahi des souvenirs *qui viennent d'un double de soi, son autre* ? De quelle façon partager avec Aurore cet évènement capillotracté, pour ne pas dire invraisemblable. Affirmer avec le plus grand naturel qu'il avait heurté un double de lui-même lors de l'accident ? Que la mémoire de cet autre était devenue la sienne ? *Bien sûr c'est impossible, mais c'est pourtant arrivé !*

Aurore allait lui répondre avec raison qu'il s'agissait à l'évidence des séquelles de l'accident ou d'une forme de délire postcoma. Évidemment, Julien y avait lui-même pensé. Mais, mais, mais, il y avait un *énorme mais*. Car Julien confrontait ces nouveaux souvenirs avec les siens. Si la plupart ne lui évoquaient rien et se dissipaient au fil des jours, d'autres les complétaient, telles les pièces d'un puzzle s'ajustant à la perfection. Toutefois, ces traces s'évaporaient irrémédiablement, aussi Julien prenait bien soin de les transcrire par écrit avec précision pour ne pas les perdre. Il souhaitait s'ouvrir sur ce point à Aurore.

Ils étaient tous les deux dans la cuisine, un verre de vin du Minervois à la main, accoudés au plan de travail, comme ils en prenaient parfois ensemble, le soir, une fois les enfants au lit. Nerveux, Julien faisait tourner le liquide rouge pour le faire pleurer après l'avoir goûté.

— Sympa ce petit vin, non ?

— Absolument, lui confirma Aurore, sans prétention, mais juste ce qu'il faut pour une belle soirée tous les deux, mon amour !

Julien jugea le moment opportun pour se lancer. Il se racla la gorge avec force, ce qui annonçait implicitement qu'il allait dire quelque chose d'important.

— Aurore, ma chérie, tu te rappelles cette histoire de l'homme que je croyais avoir percuté lors de mon accident de scooter il y a quelques jours ?

Aurore enchaîna tout de suite en regardant son conjoint d'un air compatissant :

— Oui, mais écoute, Julien. Tout le monde t'a confirmé que tu n'as percuté personne. Tu sais bien. Les témoins directs, la maman avec le petit garçon, une autre dame qui était aussi présente. Et bien sûr, les pompiers et la police qui sont intervenus peu après. C'est une hallucination lors de ton réveil du coma artificiel. Cela arrive. Et tu vois, tout va bien maintenant, ajouta-t-elle pour affirmer que c'était une affaire classée.

— Oui, bien sûr, les docteurs me l'ont dit également. C'est une réaction classique au réveil, j'ai bien compris.

Julien feignait d'être convaincu, ce qui n'échappa pas à sa femme.

— Tu vas bien, Julien ? Je sens que tu es préoccupé. Tu as d'autres hallucinations ?

— Peut-être, oui. En fait, à vrai dire, je ne sais pas trop comment t'en parler, ni même ce que je veux t'expliquer.

— Julien, tu m'inquiètes vraiment là !

— Mon amour, juste, fais-moi plaisir. Prends ça et lis-le s'il te plaît, répondit simplement Julien.

Il posa doucement son verre encore plein puis sortit de sa poche une feuille pliée qu'il tendit à sa femme, la main légèrement tremblante. Confuse, sentant la gravité de l'instant, Aurore manqua de renverser son vin. Se reprenant, elle saisit le papier et, en l'ouvrant, elle reconnut l'écriture en pattes de mouche de son conjoint.

Souvenirs révélés

11 septembre 2023

Plissant ses yeux, Aurore commença alors à déchiffrer la fine écriture brouillonne cependant structurée de Julien. La note manuscrite reprenait, dans un ordre chronologique, les points cruciaux et inédits provenant de l'étrange phénomène mémoriel qu'il avait vécu.

- Mon arrière-arrière-grand-père, nommé Aristide, est né vers 1880 dans une famille bourgeoise, mais désargentée.
- Ayant soif d'aventures et probablement fâché avec sa famille, il quitte l'Europe et s'embarque pour faire le tour du monde.
- Il arrive à Tahiti vers 1903 et vit là-bas une dizaine d'années. Il s'y met en ménage avec Mahana, une Maohi avec qui il a une fille, Tiarehere, en 1904.
- En 1913, en entendant les rumeurs de guerre en Europe, Aristide décide de rentrer en France, sans doute par patriotisme.

- Début 1914, à peine rentré en France, il se marie avec une certaine Alexandrine, une riche rentière plus jeune que lui. Il a deux enfants avec elle dont Joseph en 1916 (le père de Michel et donc mon arrière-grand-père).
- Aristide participe à la guerre de 14-18 et en sort vivant.
- Resté en contact avec la Polynésie, il apprend que Tiarehere, sa fille naturelle, a eu un bébé, une petite fille née en 1919 dont le prénom tahitien est Maimiti.
- Aristide prend alors la décision d'aller chercher sa fille Tiarehere à Tahiti avec son bébé Maimiti, qui est donc sa petite-fille.
- Tiarehere et son bébé arrivent en France en 1920. Elle est intégrée au personnel de la maison en tant que domestique.
- Seule Alexandrine, la femme d'Aristide, est mise au courant de leur histoire.
- Tiarehere décède en 1938 des suites d'une mauvaise chute.
- La Seconde Guerre mondiale arrive avec son cortège de confusions et de malheurs.
- Maimiti est alors âgée d'environ vingt ans. Elle tombe enceinte du fait d'une relation secrète ou d'un viol dont elle ne parlera jamais. Elle cache sa grossesse jusqu'à son terme et accouche en 1941 d'un petit garçon avec l'aide de Jeanne, la femme de Joseph. Malheureusement, Maimiti décède lors de l'accouchement.

- Sentant alors sa fin proche, Aristide confie l'enfant - qui est donc son arrière-petit-fils - à son fils Joseph (en lui racontant l'histoire de son passé tahitien ?).
- Dans la confusion générale, Jeanne et Joseph déclarent l'enfant comme étant le leur et l'appellent Michel. Ils n'auront pas d'autre enfant.
- Aristide meurt peu après, début 1942.
- Restée à Tahiti, Mahana, première femme d'Aristide, décède début des années trente. Elle avait eu un deuxième enfant, un fils, qui a émigré à Hawaï après la mort de sa mère.

Aurore leva les yeux vers Julien. Ils semblaient d'un vert plus foncé. Les sourcils froncés, le visage déformé par un rictus exprimant sa confusion, elle apparaissait très troublée par sa lecture.

— C'est quoi ça ? Comment t'as eu toutes ces informations ? Qui t'a dit tout ça ?

Julien désigna du doigt son crâne et enchaîna :

— Ma mémoire, Aurore. Ne me demande pas comment, j'en sais rien. Tout, absolument tout ce qui est écrit là sort de là. Des réminiscences qui me sont venues après l'accident. Heureusement, je les ai couchées sur papier avant qu'elles ne s'évaporent comme de la fumée.

— Mais toutes ces choses nouvelles sur ta famille, cette enfant naturelle de Polynésie, tout ça, toi tu n'en savais rien ? Tu m'en aurais parlé, ta mère aussi en aurait parlé...

— Oui, tout ça est nouveau pour moi. À part Joseph et Jeanne, les parents de Papi, mes arrière-grands-parents donc, dont j'avais vaguement entendu parler. Pour le reste j'ignorais tout cela.

— Punaise ! Comment ? Par quel miracle est-ce possible ?

Julien préféra éluder plutôt que de reparler de cet homme, *son double, son autre*, de l'accident.

— Je ne sais pas. Peut-être des informations que j'ai captées et mémorisées de façon inconsciente. Et elles seraient réapparues juste pour quelques jours avec le traumatisme du coma. Enfin je dis ça, mais j'en sais rien moi, marmonna Julien en se grattant la tête.

— C'est dingue ça. Tu te rends compte que cela explique le résultat de tes analyses ADN d'il y a deux ou trois ans ? Et ce qu'a toujours raconté ta mère Nadine sur les îles ? Finalement, elle avait raison. C'est un truc de malade cette histoire. C'est complètement dingue, répétait Aurore en boucle.

Elle avala d'un trait le breuvage qui restait dans son verre et se resservit en se justifiant :

— Là, j'ai grave besoin d'un remontant...

— Oui, c'est fou, incroyable. En synthèse, mon grand-père Michel n'est pas le fils de Joseph et de sa femme Jeanne comme on le croyait. C'est en fait le fils de Maimiti, la petite-fille de cet Aristide, qui était mon arrière-arrière-grand-père. Dommage, dans cette histoire, on ne sait pas qui est le père biologique de Michel. Un amoureux secret ?

Un membre du personnel de maison ? Un vagabond ou un soldat allemand qui aurait abusé d'elle ? Impossible de savoir...

— Oh ! Tu m'embrouilles, je suis perdue.

— OK, t'as raison. Pas de spéculation inutile. Restons simple. Pour faire très court, Michel mon grand-père est en fait né d'une mère tahitienne. C'est effectivement ça qui explique ma grande proportion d'ethnie polynésienne dans mon ADN. Tu vois, tout s'éclaire !

— Tout s'éclaire, tout s'éclaire, t'es marrant toi... Un peu compliquée quand même ton affaire. Tu sais quoi ? On devrait faire un arbre généalogique pour s'y retrouver, proposa Aurore qui avait repris ses esprits et retrouvé son pragmatisme légendaire.

— Oui, très bonne idée ! Et puis laissons passer quelques jours pour digérer tout ça et voir ce qu'on en fait. Je ne sais pas trop comment, mais faudra vérifier si tout ça tient la route. Et puis aussi, faudra bien en parler à ma mère et au Papi...

— Waouh, t'imagines le choc que cela va leur faire... conclut Aurore.

Peu après leur discussion, Julien découvrit sur internet l'anecdote du double arc-en-ciel à New York. Il y vit un message positif et prit ces révélations comme une belle chose qui leur arrivait.

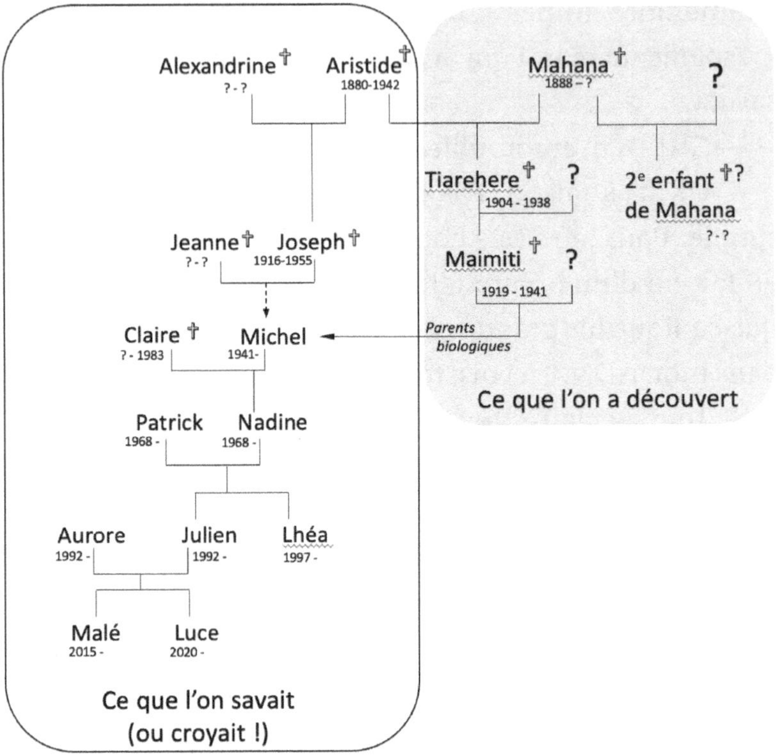

Arbre généalogique réalisé par Aurore et Julien

Retour en France

Janvier 1914

Vers le milieu de l'année 1913, Aristide prit subitement la décision unilatérale de quitter ce que l'on appelait officiellement les *Établissements français de l'Océanie* afin de rentrer en France. La raison évoquée à l'envi par l'homme, alors âgé de trente-trois ans, était les bruits de bottes de plus en plus insistants du fait de tensions entre les grandes puissances européennes. Ce n'était pas surprenant, depuis 1905 les différentes nations d'Europe affûtaient leurs plans. Le valeureux aventurier, arrivé dix ans plus tôt à Tahiti, ne manquait pas une occasion de mettre en avant ses sentiments patriotiques. Son sens du devoir l'appelait à s'en retourner défendre sa mère patrie.

Ses vraies motivations étaient en réalité plus prosaïques, intrinsèques à la personnalité fourbe et calculatrice d'Aristide. La dernière, par ordre d'importance, était que ses ressources financières étaient presque épuisées. Et cela bien qu'il eût toujours été attentif à faire supporter par d'autres ses activités les plus dispendieuses.

La seconde était qu'Aristide n'avait pas négligé ses aptitudes de margoulin. Au fil des ans, il avait noué des relations plus que douteuses avec des énergumènes aussi peu recommandables que ceux qu'il avait fuis, dix ans plus tôt. Entre paris truqués, dettes de jeux, faux en écriture, magouilles foireuses et recels divers, l'escroc Aristide s'était attiré l'inimitié d'un nombre croissant d'individus qui ne s'embarrassaient pas des voies légales pour traiter leurs litiges. Or, les lieux de repli n'étaient guère développés localement.

Enfin, son addiction à l'alcool, combinée à son caractère violent, de préférence à l'égard des personnes faibles - en l'occurrence sa compagne Mahana et sa fille Tiarehere - avait conduit Aristide à des débordements fréquents. Ces lâches violences physiques lui avaient attiré l'hostilité de sa famille maohie et, plus largement, de toute la communauté indigène.

Ces trois raisons rendaient impératif et urgent un retrait stratégique. Fort injustement, la chance avait souri au prévoyant fuyard grâce à l'incongrue amitié qu'il avait liée depuis quelques mois avec Charles, un missionnaire basé depuis peu à Tahiti. L'homme de foi était fort mal accordé avec sa fonction. Son aspect général était très négligé, au demeurant bien assorti à l'odeur légèrement fétide qu'il dégageait. Son visage grossier à la peau crevassée était souvent déformé par d'étranges rictus. Il était affligé d'une intrigante et vilaine cicatrice sur son crâne rasé, suite d'une probable trépanation. Lorsqu'il s'exprimait, sa voix suraiguë renforçait encore la dissonance du personnage. Aussi, malgré sa sincère volonté de servir Dieu et ses semblables, ce pauvre Charles n'inspirait guère la confiance et s'en trouvait bien souvent esseulé. Ceci constituait une occasion qu'Aristide, avec son flair sans pareil, avait su identifier. Car le malheureux évangéliste, qui manquait quelque peu de discernement, s'était pris d'une véritable et inexplicable affection pour l'aventurier. Prolixe en confidences, Charles lui avait parlé à plusieurs reprises de sa cousine en France avec qui il poursuivait une relation épistolaire. Depuis la mort tragique et soudaine de ses deux parents, la jeune fille, prénommée Alexandrine, se trouvait à la tête d'une coquette fortune. Sa jeune parente était par ailleurs célibataire et, toujours d'après le religieux, d'une vertu irréprochable bien que très courtisée pour sa beauté. Ces informations avaient retenu toute l'attention de l'affûté Aristide. Au fil des rencontres avec son nouvel ami missionnaire, le futur fugitif avait collecté de nombreux renseignements sur la demoiselle, la considérant déjà comme sa promise.

Ainsi, de retour en France à l'automne 1913, utilisant ses dernières économies, Aristide jeta toutes ses forces, déploya toute son intelligence et engagea ses nombreux talents pour séduire la jeune Alexandrine. Durant les deux mois de son voyage de retour, il avait pris le temps d'affiner sa stratégie et d'anticiper différents scénarios alternatifs. Le seul qui aurait pu contrarier ses plans brillants eût été que la jeune femme se fût mariée dans l'intervalle. Toujours chanceux, le cœur d'Alexandrine était encore à prendre. Elle succomba sans grande résistance au bel aventurier et les supposés trésors qu'il avait accumulés au fil de ses nombreux exploits. Cet homme charmant, cultivé et attentif, la changeait avec bonheur des quelques autres prétendants à sa main. Elle trouvait ces derniers aussi ennuyeux que bedonnants, bien consciente qu'ils lorgnaient avant tout sur sa fortune et sa virginité. En outre, à l'opposé du bel Aristide, ces répugnants personnages manquaient singulièrement d'exotisme et ne s'étaient jamais aventurés plus loin que la capitale où, sans nul doute, ils s'encanaillaient.

Avec sa redoutable efficacité, il fallut moins de deux mois à Aristide pour boucler l'affaire. Il demanda la main de la belle à l'occasion des fêtes de Noël 1913 et ils se marièrent début 1914, en stricte intimité.

Une étonnante réaction

Fin septembre 2023

Julien avait été curieux de confirmer la véracité de ses réminiscences, dissipées depuis, néanmoins transcrites à bon escient et partagées avec Aurore. Aussi était-il allé fouiner dans le grenier de ses parents prétextant la recherche d'anciens cours de fac. Stupéfait mais conforté, il avait mis la main sur de vieux cartons appartenant à son grand-père. Que faisaient-ils chez ses parents ? Pourquoi son grand-père Michel ne les avait-il pas gardés ? *Papi a dû les confier à Maman par manque de place chez lui,* pensa Julien, *enfin bizarre quand même, ils ne prennent pas tant de place que ça…* À l'intérieur, d'anciennes boîtes de biscuits en fer blanc contenaient des photos noir et blanc, à bord crénelé, jaunies et abîmées par le temps. Différents documents, pour la plupart manuscrits, datant du siècle précédent, étaient pêle-mêle dans des chemises en papier toilé. Il trouva également un missel relié cuir et un chapelet de prière. Julien comprit immédiatement que c'était ce matériel que, de façon totalement inexplicable, *son double* avait trouvé, décortiqué, analysé, étudié et mémorisé. Julien ferma les yeux, hochant la tête de gauche à droite, afin de refouler l'invraisemblance de ce qu'il avait vu lors de son accident et de ces conséquences. Il se replongea dans les documents pour s'assurer qu'il ne rêvait pas. L'un d'eux était une lettre, datant de 1934, destinée à Aristide provenant d'une mission à Tahiti et signée « Charles, ton dévoué ami ». Avait-elle échappé à l'analyse ? Toujours est-il que ce courrier comprenait une information inédite pour Julien. Entre de longues complaintes sur l'extrême solitude que ressentait son auteur depuis la dernière fois qu'il avait vu Aristide en 1920, il informait son ami que Mahana avait eu un fils prénommé Tua et qu'elle était décédée en début d'année. Le dévoué Charles précisait également que ce fils avait quitté la Polynésie pour émigrer à Hawaï en territoire américain. Ceci constituait la dernière trace sur la branche polynésienne. Julien nota bien au passage le prénom Tua qui lui était inconnu jusqu'alors.

Après avoir réfléchi quelques jours, encouragé par Aurore, Julien avait décidé de parler à sa famille de la réelle filiation de son grand-père Michel. Sachant le cœur de ce dernier fragile et pour lui éviter un choc brutal, Julien avait d'abord parlé à ses parents. Il avait été convenu ensemble que Nadine prendrait le soin d'en informer son père avec le tact et la délicatesse nécessaire afin de préserver le palpitant de l'aïeul.

Étonnamment, passé un semblant de surprise, Nadine avait intégré la nouvelle sans plus d'émotion qui, disait-elle *n'avait finalement fait que confirmer ce qu'elle pressentait depuis toujours*. Personne ne sut de quelle manière elle communiqua cela à son propre père. Le fait est que le grand-père sembla recevoir ces bouleversantes informations avec une étonnante placidité. Apprendre que le gouvernement avait réitéré l'usage de l'article 49.3 lui aurait fait plus d'effet.

Ce soir de fin septembre, prélassés sur le canapé après avoir couché les enfants, Julien et Aurore en discutaient. Ils étaient plutôt perplexes. Cette histoire ne semblait pas un scoop pour les principaux intéressés. Cela amenait le jeune couple à penser qu'il s'agissait d'un de ces *secrets de famille* bien gardés. Quoique contrarié, Julien proposa un conseil de famille pour faire le point sur toutes ses découvertes et partager quelques recherches complémentaires qu'il avait faites avec Aurore. À défaut de susciter l'enthousiasme de Michel et Nadine, il s'agissait aussi et surtout de statuer de la suite à donner à ces surprenantes révélations.

Conseil de famille

1er octobre 2023

Tout le monde se retrouvait réuni chez Nadine et Patrick. Il ne manquait que Thomas qui avait estimé la réunion trop intime pour s'y joindre. C'était le jour officiel de la fête des familles et des grands-pères ; un drôle de hasard que personne ne releva. Alors que tous étaient assis autour de la grande table basse en verre du salon, Patrick, debout, débouchait un magnum de champagne qu'il avait gardé pour une grande occasion. Tandis que les coupes se remplissaient, Aurore distribuait à chacun un feuillet de quelques pages préparé la veille. Julien, un peu stressé, se lança après s'être raclé la gorge pour s'éclaircir la voix :

— Aurore et moi avons préparé ces quelques pages synthétisant nos récentes découvertes et un arbre généalogique.

— Merci, Julien, cela va nous aider à bien comprendre. Mais bon, peux-tu nous résumer tes récentes découvertes en deux-deux ? demanda Lhéa. Genre vite fait quoi.

— En deux-deux comme tu dis, pas facile. Je ne sais pas trop par où commencer, répondit Julien, un peu décontenancé.

— Eh bien déjà par le début, le taquina Aurore en lui prenant la main pour l'encourager à poursuivre.

— Le début, le début… enchaîna alors Julien. Je dirais que l'histoire commence vers 1880 avec la naissance d'Aristide dans une famille bourgeoise pas vraiment sympathique.

— Allez frangin, vas-y, continue, encouragea encore Lhéa avec un applaudissement discret.

Au fur et à mesure de ses découvertes, Julien avait idéalisé Aristide. Aussi, plein d'enthousiasme, extrapolant inconsciemment les faits, il introduisit son ancêtre comme un grand aventurier épris de liberté.

— Oui, je continue. Âgé d'une vingtaine d'années, en rupture avec sa famille rigide et trop conservatrice, désireux d'aventures, passionné de découvertes, notre illustre ancêtre quitte la France sans un sou en poche. Il se débrouille comme il peut, on ne sait pas quels pays il traverse, ni ses valeureuses péripéties. On retrouve sa trace à Tahiti en 1903. Aristide tombe amoureux de Mahana, une magnifique et toute jeune vahiné. On les imagine se baignant ensemble dans les lagons bleus tels de nouveaux Robinson, poursuivit Julien transporté dans un élan presque lyrique. Le couple a une ravissante petite fille qu'ils prénomment Tiarehere. Ils vivent ainsi une dizaine d'années de bonheur. Cependant, à des dizaines de milliers de kilomètres, la guerre en Europe se prépare. Aristide, en véritable patriote, décide alors de rentrer en France pour servir sa patrie tout en promettant à Mahana et Tiarehere de revenir à Tahiti.

Pendant la longue tirade de son fils, Nadine avait fait circuler les flûtes de champagne que Patrick avait remplies. Michel semblait absent ; il faisait tourner son verre en observant les légères bulles qui remontaient à la surface.

— Waouuu, quel destin ! C'est chaud patate ton histoire, s'exclama encore Lhéa.

— Et encore, attends, c'est loin d'être fini ! De retour en France, probablement à l'initiative de sa famille française, Aristide épouse Alexandrine, une riche héritière. Ils ont un premier enfant, Joseph, notre arrière-grand-père dont, Papi, tu nous as parfois parlé, n'est-ce pas ? ajouta Julien en s'adressant à son grand-père.

Ce dernier ne répondit que par un grognement indistinct et Julien, un peu marri, poursuivit :

— Aristide sort heureusement sain et sauf de la guerre de 14-18. Cependant, il n'a pas oublié sa famille de cœur en Polynésie. Il décide d'y retourner. Malheureusement, contraint par sa femme française et sa famille, il ne peut pas y rester, ni ramener Mahana, son seul véritable amour. Il bataille tout de même pour que sa fille Tiarehere puisse le raccompagner en France afin de lui offrir une éducation et de meilleures perspectives que dans les îles lointaines de Polynésie. D'autant plus que Tiarehere a eu une enfant d'un père inconnu, une petite fille nommée Maimiti. En les ramenant en France, Aristide les sauve du dénuement et d'une vie de paria.

Très discret jusqu'alors, comme il l'était en général en présence de son beau-père, Patrick y alla de son petit commentaire :

— À l'évidence, cet Aristide était un bienfaiteur.

— Absolument, ajouta Julien. Cependant, tout le monde n'adhère pas à son altruisme. Sa femme Alexandrine lui fait la misère, estimant que son époux lui a imposé Tiarehere et Maimiti. Elle refuse de les intégrer à la famille et relègue la fille d'Aristide comme simple domestique à son service. Les années passent, la pauvre Tiarehere décède accidentellement en 1938, sa fille Maimiti restant aux bons soins d'Aristide, son grand-père biologique. Malgré toute l'attention de ce dernier, la pauvre tombe enceinte, probablement victime d'un viol par un soldat allemand ou un rôdeur, dans cette période très troublée qu'était l'occupation allemande. Toujours est-il qu'elle donne naissance en 1941 à un petit garçon, mais la malheureuse décède des suites de l'accouchement.

— C'est dramatique... On devine la suite... lâcha Lhéa, d'une voix attristée.

— Oui vous l'avez compris, reprit Julien. Aristide, vieillissant et malade, ne peut se résoudre à abandonner le petit garçon. Il révèle à son fils Joseph son passé tahitien et ses parentalités insoupçonnées et lui demande de prendre en charge le nouveau-né. Joseph, alors âgé de vingt-cinq ans et tout juste marié, accepte. Le petit devient donc pour l'état civil Michel, fils de Joseph et de Jeanne, son épouse. Vous connaissez tous la suite. Michel, notre Papi, ici présent, a été élevé avec amour par ses deux parents adoptifs.

— Et quid d'Aristide et de Mahana ? interrogea Patrick, curieux.

— Le pauvre Aristide meurt en 1942 soulagé d'avoir pris les bonnes dispositions pour son arrière-petit-fils. Quant à Mahana, la Tahitienne, nous n'avons que peu d'informations. Nous savons juste qu'elle a eu un petit garçon après le départ d'Aristide. Elle meurt au début des années trente. Son fils émigre alors à Hawaï comme travailleur dans les plantations d'ananas comme beaucoup d'autres jeunes gens à l'époque.

Après cet exposé, Julien leva son verre avec solennité et s'exclama la voix tremblotante :

— Voilà, je vous propose de trinquer à nos nouvelles origines et à un mystère enfin levé.

— Santé ! répondirent en chœur Aurore, Patrick et Lhéa.

Michel et Nadine, ostensiblement à l'écart, ne faisaient même pas semblant de trinquer.

— Donc nous avons, par Maimiti, mère naturelle de Michel, du sang polynésien dans nos veines. Plutôt sympa, non ? reprit Julien, plus détendu après avoir terminé son exposé.

— Pas moi, enfin, *a priori*, précisa Patrick.

— Pareil, ajouta Aurore avec un clin d'œil à son beau-père.

— Oui, ça c'est bien du Julien, s'amusa Lhéa, il fait des raccourcis. Mais bon, au fond, vous êtes tout aussi concernés et impliqués. Il n'y a qu'à voir la banane sur vos visages !

— C'est clair ! C'est à la fois si incroyable et excitant comme découverte ! s'esclaffa Aurore en tendant ostensiblement sa flûte vide à Patrick pour une nouvelle tournée.

Acquiesçant d'un sourire la demande, Patrick prit la bouteille et se dirigea vers Aurore tout en interrogeant son fils. Son enthousiasme contrastait avec le silence assourdissant de Michel et Nadine.

— Carrément ! Bon alors, fiston, une fois qu'on a dit tout ça, c'est quoi maintenant le programme ?

— Eh bien tout d'abord quelques informations complémentaires sur les prénoms de nos nouveaux ancêtres. La mère biologique de Michel se prénommait Maimiti, ce qui en polynésien signifierait « vient de la mer ». Sa propre mère, la grand-mère naturelle de Michel donc, s'appelait Tiarehere, « fleur de l'amour ». Tiarehere qui, je le rappelle, était la fille de notre ancêtre Aristide « le meilleur » et de Mahana qui signifie « soleil ».

— Ce sont de beaux prénoms, murmura Lhéa admirative.

— Ce n'est pas tout. Je vous avais raconté mon histoire de test ADN par une boîte spécialisée aux États-Unis. Bon d'accord, c'est pas légal en France, mais enfin on s'en fout, c'est pas le sujet. J'avais fait ça au moment du covid en 2020 et j'avais été étonné de voir la Polynésie ressortir dans les origines ethniques. Bon, je n'avais pas creusé plus que cela. Luce venait de naître, nous étions en pleine effervescence... Bref, à l'époque, on avait bien d'autres chats à fouetter. Mais depuis, curieux, je suis retourné sur le site web qui propose de visualiser les correspondances ADN avec d'autres personnes...

Julien se tut quelques secondes pour maintenir le suspense.

— OK, OK, et alors, l'encouragea Patrick, impatient, debout, toujours sa bouteille à la main.

— Eh bien j'y trouve pas mal de correspondances intéressantes. Certaines qui n'ont rien à voir avec cette histoire. Par exemple, nous avons des cousins éloignés de ton coté, Papa. Et puis, côté Papi et Maman, j'ai quelques correspondances aux États-Unis, essentiellement concentrées dans l'État d'Hawaï.

— Mais bien sûr ! C'est la descendance issue du deuxième enfant de Mahana ! clama Lhéa, de plus en plus captivée, en oubliant même ses tics de langage. Celui qu'elle a eu après qu'Aristide est revenu en France juste avant la Première Guerre mondiale. Celui-là même dont tu nous as raconté qu'il avait émigré à Hawaï pour travailler dans les plantations d'ananas. En fait, cela m'a marquée, car je me suis dit qu'il y a pire comme terre d'asile et surtout que j'aime bien les ananas moi.

— Exactement, en plein dans le mille, Lhéa ! On a d'ailleurs retrouvé son prénom mentionné dans une ancienne lettre. Il s'appelait Tua. Je ne suis pas spécialiste de ces histoires d'ADN, mais j'ai compris que l'on peut mesurer le nombre de segments partagés. À plus d'un pour cent de correspondance, il y a des liens de parenté assez proche. En l'occurrence, il y a un certain William Tetuanui avec qui j'ai près de cinq pour cent de correspondance et qui habite à Hawaï.

— Allons-y!!! C'est quand le prochain vol pour Hawaï? s'enthousiasma Aurore en se levant du canapé comme si elle partait déjà faire sa valise.

— Dès que l'on se met d'accord sur ce que l'on fait, reprit Julien un peu plus sérieusement.

À l'autre bout de la pièce, assis à l'écart sur un petit canapé, Michel, que l'on n'avait pas entendu jusqu'alors, s'énerva soudainement.

— Mais que cherchez-vous donc enfin ? Pourquoi remuer tout ça ? Et de quel droit d'abord hein ? Tout cela ne vous regarde pas. On ne vous demande rien bon sang. Vous n'avez donc rien d'autre à faire de plus utile, non mais franchement ?

— Je comprends ton grand-père, Julien, rétorqua d'emblée Nadine. Écoute-le s'il te plaît. Qu'est-ce que cela va nous apporter ? C'est bon là, nous n'avons pas besoin d'en savoir plus.

— Mais Maman, ce n'est pas toi qui parlais toujours des îles, du surf, de cette vie exotique, etc., insista Julien aussi interloqué qu'attristé par le détachement de sa mère et l'inexplicable réaction de son grand-père, pourtant concerné au premier chef.

— Ça suffit maintenant! éructa d'un seul coup Michel, comme pris d'une véritable rage. J'en ai assez entendu. Vous m'emmerdez à la fin avec toutes ces conneries. Vous êtes vraiment bouchés. Bon allez, terminé, moi je me casse...

Sidérant tout le monde, y compris Nadine, Michel se leva, quitta brutalement l'assemblée familiale. Il arracha sa veste du porte-manteau de l'entrée, sortit en vociférant et claqua la porte avec violence.

Dans un climat quelque peu délétère du fait de cette issue stupéfiante, le repas se poursuivit tout de même. Cependant, personne ne s'attarda et chacun fut bien content de rentrer chez lui.

Le soir, une fois les enfants couchés, Julien et Aurore appelèrent Lhéa. Aucun d'eux n'avait compris la raison de l'extrême colère de Michel.

— Waouuu, impressionnant, il était limite en PLS notre Papi tout à l'heure, attaqua Lhéa un peu goguenarde.

— Carrément, acquiesça Julien, je ne sais pas quelle mouche l'a piqué pour qu'il s'emporte ainsi. Du jamais vu...

— Clair, j'sais pas, mais bon y a certainement une explication... conclut Aurore avec pragmatisme.

Enfin peu leur importait, ensemble ils décidèrent de poursuivre les investigations. Première étape du plan : contacter leur cousin éloigné William d'Hawaï. Julien prit l'action en utilisant la messagerie interne du site américain de recherche ADN.

Partie IV

En quête de vérités

La branche hawaïenne

Décembre 2023

Après la décision commune de la jeune génération d'aller de l'avant et de passer à l'action, Julien avait contacté le fameux cousin William Tetuanui. Le premier contact épistolaire numérique s'était bien passé et l'Hawaïen s'était montré ouvert à communiquer avec ses lointains parents français. Julien comme Aurore maîtrisant bien l'anglais, ils avaient échangé différents messages avec William afin de se présenter mutuellement. Ils avaient même déjà fait une visioconférence ensemble. William ne connaissait pas très bien ses origines lointaines, il savait juste que Tua, son arrière-grand-père, était arrivé à Hawaï depuis la Polynésie française dans les années trente.

Quelques jours avant Noël, Aurore et Julien appelèrent William par l'application mobile *WhatsApp* en utilisant l'iPhone de Julien posé sur un support. C'était déjà la soirée en France alors que le soleil se levait à peine sur Hawaï.

— Bonjour, William, salua en chœur le couple français en faisant coucou de la main face à l'écran.

— *Aloha*, mes cousins, répondit William, vous savez, vous pouvez m'appeler Bill. En fait, tout le monde m'appelle Bill.

La liaison par internet n'était pas optimale et la qualité de la vision en souffrait. Pas encore rasé, Bill apparaissait en gros plan sur le petit écran du téléphone, les traits déformés par le grand angle de sa caméra. Il ne se présentait pas à son avantage, cependant, Aurore et Julien apprécièrent son visage avenant et souriant.

— Comme Bill Clinton alors ? C'est vrai que William est aussi son vrai prénom.

— Exact, comme Clinton, la célébrité en moins, s'amusa William, dorénavant Bill et qui poursuivit sur les prénoms. Julien, Julian, c'est presque pareil pour nous. Quant à Aurore - désolé pour l'accent -, c'est un très joli prénom, tu t'entendras bien avec ma mère. Elle s'appelle Dawn. Mon père lui s'appelle Christopher.

— Merci du compliment, Bill. C'est très gentil et c'est une belle coïncidence avec ta maman, souligna Aurore.

Julien, quelque peu agacé par cet échange de compliments dont il se sentait exclu, se remit un peu plus dans le champ de la caméra du téléphone.

— Et comment ça va, Bill ? C'est le matin chez toi à Hawaï, n'est-ce pas ?

— Oui et c'est encore une belle journée qui s'annonce. Ici, c'est toujours l'été. C'est bientôt Noël et il y a du Santa Claus dans l'air, neige et froid en moins !

— Tu sais, ici en France, la neige à Noël, c'est dans les souvenirs. Aujourd'hui, nous avons même déjeuné en t-shirt sur la terrasse !

Il désigna de sa main la baie vitrée ouvrant sur leur grand balcon, sans réaliser que Bill ne pouvait pas la voir.

— Oui, le climat change, c'est une évidence. Nous avons eu de terribles incendies cet été sur l'île de Maui. La sécheresse, le manque de pluie, autant de facteurs qui ont favorisé des incendies monstres et dramatiques.

— C'est vrai, nous avons vu les images de désolation à la télé. Quelle catastrophe ! Tu as de la famille là-bas ?

Bill se déplaça avec son téléphone devant une grande carte murale de l'archipel d'Hawaï afin d'illustrer à distance ses précisions géographiques.

— Non, heureusement, pas sur l'île Maui. Vous voyez sur cette carte, l'État d'Hawaï est un grand archipel. Nous, nous habitons presque tous sur l'île d'Oahu où se trouve Honolulu, la capitale avec sa célèbre plage de Waikiki. Mais j'ai aussi quelques cousins du côté de ma mère qui habitent sur l'île d'Hawaï, la plus grande. D'ailleurs on l'appelle la Grande île.

— Là où se trouvent des volcans ?

— Des volcans il y en a partout ici, s'amusa Bill pointant du doigt différents endroits de la carte. Mais c'est vrai que les plus connus sont sur la Grande île. Vous avez sans doute entendu parler du Kilauea, célèbre pour ses éruptions quasi continues avec de magnifiques coulées de lave.

— Oh oui, cela doit être splendide comme spectacle ! enchaîna Aurore, enthousiaste. D'ailleurs, ça me rappelle un collègue espagnol qui était en vacances à Puerto Naos dans les Canaries lors d'une éruption il y a quelques années. Enfin, il n'a pas vu grand-chose étant donné qu'il a été évacué *manu militari,* conclut-elle amusée.

Julien, agacé par ces digressions, reprit son iPhone en main et revint sur le sujet qui l'intéressait.

— Bill, comme tu le sais, nous avons des origines communes en Polynésie française, à Tahiti plus précisément. Il s'agit de Mahana notre ancêtre commune. Tout cela est un peu compliqué. Nous avons découvert il y a peu que Mahana était l'arrière-grand-mère de mon propre grand-père Michel. Et cette même Mahana était également la mère d'un de tes aïeux qui est venu s'installer à Hawaï dans les années trente.

— Oui, Tua Tetuanui, le père de mon grand-père paternel. Je sais qu'il venait de Polynésie. C'est d'ailleurs de lui que je tiens mon nom de famille.

— Et tu l'as connu ton arrière-grand-père Tua ?

— Non, même mon grand-père Liam n'a presque pas connu son père. En fait, Tua est mort au combat dans la bataille d'Okinawa en 1945 contre les Japonais. Il s'était engagé comme volontaire dans les forces américaines dès le début du conflit. Il faut savoir que mon grand-père Liam est né précisément le jour de l'attaque surprise du Japon contre Pearl Harbor, le 7 décembre 1941. Le choix de ce prénom, Liam, qui signifie « guerrier protecteur », n'est pas un hasard. Prénommer leur bébé ainsi était une forme d'hommage de Mary, mon arrière-grand-mère, à la fois à son mari, à son pays d'origine, l'Irlande, et bien sûr aux peuples hawaïen et américain vilement attaqués. Mon arrière-grand-père Tua a en quelque sorte endossé ce rôle de défenseur de sa jeune famille et de sa terre d'accueil qui venait d'être brutalement agressée.

— Nos grands-pères ont le même âge. Mon grand-père Michel est né en 1941 comme Liam, le tien. Sa vraie mère était Maimiti, la fille de Tiarehere, elle-même la fille d'Aristide et de Mahana notre ancêtre polynésienne commune. Les pauvres ! Tiarehere a été victime à trente-quatre ans d'un accident. Quant à Maimiti, elle est morte à vingt-deux ans en donnant naissance à mon grand-père. On ne sait pas qui était le père biologique de Michel. Mes arrière-grands-parents Joseph et Jeanne ont déclaré le bébé de Maimiti comme leur enfant en profitant de la tourmente de la guerre. Et ils ont élevé Michel comme leur fils sans jamais révéler ce secret.

— Triste destin pour ces trois femmes. Mon grand-père Liam nous a raconté que votre ancêtre nommé Aristide avait emporté avec lui sa fille Tiarehere et son bébé Maimiti en France. Mahana ne les a jamais revues… Par chance, il ne lui a pas enlevé Tua, souligna Bill.

— Oui… bafouilla Julien, percevant des sous-entendus négatifs concernant Aristide. Bill, as-tu un arbre généalogique ou des informations sur les dates et lieux de naissance de cette branche polynésienne ? Car je n'ai rien pu trouver de mon côté sur internet.

À l'autre bout de la ligne, Bill commençait à trouver les questions de Julien insistantes et la discussion un peu longue. Il s'agitait sur son siège et une légère moue trahissait son agacement.

— Non, mais je peux me renseigner auprès de mes parents.

— Oui, merci, ça serait intéressant, répondit Julien percevant qu'il était temps d'abréger l'échange.

— Vous savez, toute ma famille et surtout mon grand-père Liam seraient très heureux de vous rencontrer, proposa alors Bill avec une spontanéité toute naturelle et très américaine.

— À Hawaï ? s'exclama Aurore.

— Oui oui, à Hawaï ! Vous y réfléchissez et on s'en reparle très vite !

— Sans faute ! Et *merry christmas* à tous, conclut enfin Julien.

Après avoir terminé la conversation avec Bill, Aurore interrogea Julien qui avait la tête dans les nuages :

— Dis, mon Julien, je te connais bien. Tu as quelque chose en tête concernant Tua et sa mère Mahana, n'est-ce pas ?

— Oui, sourit Julien, peu surpris par la perspicacité de sa compagne.

— Bon ben accouche maintenant ! l'encouragea Aurore en le bousculant d'un petit coup d'épaule.

Se levant, Julien rangea son téléphone dans sa poche et poursuivit en faisant les cent pas dans le salon.

— Eh bien, tu vois... Je me dis que Tua est peut-être également le fils d'Aristide. C'est bien pour ça qu'il faut confronter la date de son retour en France avec celle de la naissance du fils de Mahana. Nous savons que le fameux Aristide est rentré en France en septembre ou octobre 1913. Reste à savoir quand précisément est né Tua. Si c'est plutôt début 1914, cela correspond.

— Waouh, mais oui, t'as raison, c'est bien possible ! Du coup c'est carrément deux ancêtres que vous auriez en commun !

— Bingo ! Et c'est ce qui expliquerait aussi le taux élevé de correspondance ADN entre Bill et moi. Je me suis renseigné... Pour un cousin éloigné à ce nombre de degrés, on devrait être environ à deux pour cent de correspondance. Or là, tu vois, c'est presque cinq pour cent. Et aussi, j'ai l'impression que nous ne sommes pas au bout de nos surprises sur la personnalité du Aristide...

Julien garda pour lui ses réflexions. *Était-il cet homme bienveillant que j'imagine ? Pourquoi avoir ramené Tiarehere et Maimiti en France en les arrachant à leur famille tahitienne ?*

Tandis que Julien, pensif, se grattait le menton, Aurore bondit hors du canapé, très motivée par la perspective d'un séjour à Hawaï.

— Bon ben, raison de plus pour aller voir tout ça de plus près !

— Carrément, on va se faire un voyage *pico bello,* j'te dis pas. On en profitera pour faire une halte en Californie. Depuis le temps qu'on veut se faire un *road trip* dans ce coin !

— *Vamos* ! En route pour l'Amérique ! conclut Aurore.

Voyage en Californie

Juin 2024

Les deux amoureux, aussi épris qu'à leur rencontre plus de treize ans auparavant, tenaient à découvrir les USA, en particulier la Californie dont ils rêvaient depuis longtemps. L'objectif de visiter la branche dite « polynésienne » de la famille maternelle de Julien était un bon moyen de joindre l'utile à l'agréable. Ainsi, avant de rejoindre Los Angeles pour quelques jours et prendre un vol pour Honolulu, ils s'offrirent une escapade d'une dizaine de jours à travers le *Golden State*. Son surnom, qui remontait à l'époque de la ruée vers l'or, n'était pas usurpé. La découverte de la côte entre Monterey et Big Sur fut un grand moment. Ils virent un océan Pacifique qui ne l'était pas vraiment ce jour-là, faisant déferler sur ses plages sauvages des vagues bouillonnantes d'écume blanche exaltant une atmosphère iodée riche de senteurs marines. Le long de la Highway-1, ils firent l'immanquable *selfie* au Bixby Bridge. Cette magnifique route dominait de lumineuses plages de sable blanc, seulement maculées de gigantesques algues échouées, tels des monstres extraterrestres gisants, terrassés après la *Guerre des mondes*. Ils firent un rapide détour par Carmel-by-the-Sea ; une ville aussi charmante que luxueuse. Son bord de mer offrait de vifs contrastes de couleurs entre le vert végétal des succulentes griffes de sorcières, le blanc du sable, le bleu foncé de l'océan et celui clair du ciel.

Faisant cap vers l'est, Aurore et Julien voyagèrent vers le fameux Sequoia National Park. Au cœur de la Giant Forrest peuplée d'arbres démesurément grands, ils puisèrent une énergie nouvelle et ressentirent une sincère humilité. Le couple éprouva une véritable émotion et un profond respect au contact de ces êtres vivants, colossaux et vieux de dizaines de siècles. Ils adorèrent les soirées dans les *campgrounds* où les Californiens viennent se ressourcer dans une nature aussi belle que démesurée. Plus au sud, en traversant le désert de Mojave, ils s'imaginèrent croiser Thelma et Louise, cheveux au vent dans leur T-Bird. Puis, ils accédèrent au Joshua Tree National Park par l'insolite ville de Twentynine Palms. Les grands rochers colorés, magnifiés par la lumière changeante, les majestueux et tortueux arbres de Josué, les jojobas et autres yuccas les fascinèrent. La vue plongeante sur la vallée de Palm Spring et la faille de San Andreas leur rappela le film éponyme dans lequel Big One ravage cet immense territoire. Pour la dernière veillée, Aurore puisa dans ses souvenirs de scoutisme pour allumer un brasero. Les flammes dansantes du feu vif et odorant semblaient combattre avec le ciel noir et ses constellations d'étoiles, qui scintillaient au-delà des feuilles acérées des arbres mythiques et des ombres inquiétantes des immenses blocs érodés. La nuit, juste troublée par le crépitement du foyer et quelques cris joyeux de groupes de campeurs, enveloppait les deux amoureux d'une douce langueur. Dans l'infini sidéral, les astres pulsaient à l'unisson des battements de leurs cœurs. Ils profitaient avec indolence de cette ultime quiétude avant de rejoindre le lendemain la mégapole de Los Angeles...

La pièce est petite, sombre, délabrée et humide. Je sais qu'au-delà de la porte branlante il y a cet escalier raide et étroit que je redoute. Quelqu'un est présent à mes côtés, je ressens un petit être fragile que je dois protéger dans cet environnement hostile. Puis j'entends ces grognements, je ne les connais que trop, ce sont ceux du monstre. Il est là, en bas. Je perçois sa respiration lourde, je sens déjà son haleine fétide, sa bouche avide, impatiente de se repaître. Cette fois, ce n'est pas à moi qu'il veut s'en prendre. Non, je le sais, le monstre vient chercher l'autre, celui qui se blottit de peur derrière moi. Il monte d'un pas lourd à l'étage et maintenant il cogne très fort contre la porte. Il l'explose en mille morceaux. Il est là devant moi. Sa face hideuse dans la pénombre avec ses yeux fous. Il rugit de colère et de désir et déploie sa masse terrifiante pour s'emparer de nous.

Réveil brutal, immédiat, sans transition, la seule fuite possible à une fin fatale. Un cauchemar, ce n'était encore qu'un de ces sales rêves. Cependant si réaliste, si terrifiant... Voyant Aurore dormant encore, d'un sommeil apaisé avec un très léger ronflement, Julien se remit des tourments de son inconscient. Pourquoi ces cauchemars bizarres et affreux qui le poursuivaient, heureusement de plus en plus rarement, depuis son enfance ? Il reconnut la chambre un peu miteuse de leur hôtel donnant sur Hollywood Boulevard, face à l'Armée du Salut et sa cohorte de clochards. Julien mit ce mauvais rêve sur le compte de l'ambiance sordide qu'ils avaient ressentie en arrivant la veille dans un Los Angeles pas vraiment peuplé d'anges.

Julien se blottit contre Aurore. Ils étaient allongés sur le côté en position fœtale, elle lui tournait le dos. Leurs deux corps recroquevillés s'emboîtaient tels des éléments parfaitement assemblés, faits l'un pour l'autre. Julien entoura de son bras l'épaule dénudée de la dormeuse, en écarta ses longs cheveux. Il déposa de délicats baisers dans son cou, s'attardant sur la nuque, humant le discret parfum fruité de sa peau. Il passa avec douceur une main sous sa nuisette, libéra en le caressant un sein rond et chaud. Les effets du rapprochement se firent sentir. Aurore sortit de sa somnolence en pressant son bassin contre le bas-ventre de Julien dont elle sentait l'érection. Assuré de ce consentement silencieux, Julien alterna de doux effleurements du dos, des fesses et des cuisses de la feinte endormie. Les baisers glissèrent du cou vers le visage, des lèvres entrouvertes puis jusqu'aux mamelons dressés. Plus bas, une main s'aventura vers le mont de Vénus. Les doigts agiles titillèrent le discret bouton rose, le pressant et le roulant à travers les lèvres charnues, diffusant des ondes de plaisir dans le corps de la jeune femme. Aurore se retourna, invita Julien sur elle en guidant de sa main le sexe en érection, rendant la politesse en le caressant délicatement. Ils poursuivirent leur étreinte et firent l'amour en se regardant dans les yeux, se souriant dans la pénombre de la chambre. Aussi flattée qu'amusée, Aurore essayait de tempérer les bruyants gémissements peu équivoques de Julien. En vain. Qu'importait après tout, ils étaient en vacances et tant mieux s'ils faisaient des envieux. « La chaleur de l'abandon, c'est comme une symphonie », susurrait Mylène Farmer dans *California*...

Sans programme bien défini, ils prirent leur temps pour sortir de leur cocon et affronter cette drôle de ville dont ils avaient eu un triste aperçu en y arrivant la veille. Le Los Angeles qu'ils découvrirent n'avait rien à voir avec celui de *California Dreamin'*. Place à la saleté et la puanteur. Le métro mit Julien et Aurore face à la réalité d'une Amérique sordide, misérable, crasseuse et déshumanisée. L'alcoolique y concurrençait le drogué. Une cour des miracles version XXIe siècle. Los Angeles était une ville triste que les anges avaient désertée. Le mythique Hollywood Boulevard était peuplé de *homeless*. Pas le *Hobo* de Charlie Winston, mais des espèces de morts-vivants, le regard vide, figés, le corps plié dans des angles improbables, la tête pendante à force de consommer de la tranq. À quelques kilomètres de là, le couple traversa Beverly Hills. Une opulence de luxe où tout renvoyait à l'argent et à la réussite. Puis Venice et Santa Monica avec leurs bimbos en roller et les bodybuilders à l'entraînement. Un voyage de Zombieland à Barbieland...

Dans une salle d'embarquement de LAX, qui offrait une petite vue sur le Theme Building et sa forme de soucoupe spatiale, Aurore et Julien débriefaient de leur séjour avant de prendre leur vol vers Honolulu.

— Quand même, les USA, c'est un sacré pays de contraste, commenta Aurore.

— Carrément, oui ! En quelques jours, nous avons vu une telle variété de paysages, de climats, d'histoire et d'ambiances... ajouta Julien en vérifiant pour la dixième fois sa carte d'embarquement.

— Oui mais nous n'avons pas vu d'ours... reprit Aurore, qui rêvait d'apercevoir un de ces ursidés malgré le possible danger.

— Bah en même temps, t'as vu toutes sortes de bestioles, des reptiles, des écureuils, des biches tout près de nous. Et puis, tu sais bien que les ours nous perçoivent bien avant nous et d'ailleurs, heureusement, ils nous fuient. Et regarde, tu as toujours celui du drapeau californien, *no risk* avec celui-là, blagua Julien en lui montrant un sticker souvenir.

— T'as raison, on a eu de grands moments ensemble. Juste terminer par Los Angeles, pas top en fait. Je suis très déçue par cette ville, bien loin du rêve américain.

— Pff, clair, choquant même. Tu vois, y a cette misère et ce dénuement extrême qui côtoient la richesse la plus indécente. On a peut-être aussi ça en France, mais on le voit moins, enfin bon, je crois...

— Los Angeles, Melrose Avenue, Hollywood Boulevard, les studios de cinéma, les stars et tout ça... Je m'attendais à du glamour moi.

Un haut-parleur grésilla pour annoncer l'ordre d'embarquement. Julien jeta un nouveau coup d'œil sur sa carte. Poussant un soupir en comprenant qu'ils seraient les derniers à monter à bord, il répondit à sa femme :

— Ouais, la réalité est bien loin de l'artificielle image de la capitale du cinéma. C'est définitivement *Walk of Shame* et non plus *Walk of Fame*...

— Dis, Julien, tu crois que ce sera pareil à Hawaï ?

— J'espère bien que non ! Bon et tu te rappelles le mot clé à Hawaï ?

— *Aloha* ! *Aloha* ! Bien sûr ! répondit joyeusement Aurore.

— *Aloha*, Hawaï ! s'exclamèrent-ils en chœur.

Aloha !

Juin 2024

L'embarquement sur le vol United Airlines se déroula de façon ordonnée et respectueuse d'une hiérarchie propre aux Américains. Priorité absolue aux militaires, pourtant costauds et bien vaillants. Au pays de l'Oncle Sam, un badge de l'US Army est un sacré sésame. Dès son installation, Aurore déplora l'absence d'écran intégré pour visionner des films sur ce vol de six heures. Julien réalisa qu'il se retrouvait au milieu, coincé à côté d'un volumineux Américain, débordant des accoudoirs de son siège Economy. De plus, l'autochtone semblait dès le départ animé d'un appétit de conversation avec ce *frenchie* exotique. Julien ne comprenait pas grand-chose à sa logorrhée bien que la casquette Trump 2024 dont il était affublé en indiquât la teneur.

Sans film pour se divertir, Aurore engagea sans détour la conversation avec Julien.

— Dis, mon Julien, je te trouve un peu différent depuis quelques mois.

— Ah bon ? Mais comment ça « différent » ?

— Attends, je te rassure, t'es toujours un peu jaloux, là pas de changement, gloussa-t-elle en lui donnant un coup de coude.

— Non mais sérieux, c'est quoi ton message là ? répondit Julien déjà bien contrarié par son lourdaud voisinage.

— Eh ben, sérieusement, je te trouve plus… enfin moins…

— Bon eh, tu me gonfles grave là. On ne va pas y passer la nuit. Alors vas-y, accouche maintenant !

— Eh oh, ça va ! Tu permets, je cherche mes mots… T'es toujours aussi impatient en tout cas. Bon alors vite fait, disons que je te trouve plus attentif aux autres. Euh, comment dire… Plus empathique, plus à l'écoute, plus ouvert, même plus tolérant, c'est pour dire ! Oui, c'est ça… Moins péremptoire, moins condescendant dans tes propos, moins dogmatique. Tiens, par exemple, ton regard positif sur Thomas que tu méprisais avant. C'est un peu nouveau tout ça quand même, non ? Enfin bref, tu vois, t'as changé quoi.

Julien resta bouche bée. Ne sachant pas s'il devait prendre ces propos comme une critique, un compliment ou un encouragement. Il remercia sa femme pour sa franchise et cette matière à réflexion, avant de se plonger dans une forme d'introspection. Au fond, il n'était pas surpris. Ainsi Aurore avait mentionné Thomas. Effectivement, contrairement au pronostic initial de Julien, le duo amoureux que son ancien ami formait avec sa sœur Lhéa fonctionnait très bien. Thomas n'était pas ce glandeur qu'il avait tant vilipendé lorsque leurs routes s'étaient séparées dix ans plus tôt. Il avait appris à l'apprécier, il lui reconnaissait du courage et de la détermination pour avoir lancé sa propre entreprise de logistique, qui rencontrait un certain succès. Son jugement plus nuancé sur Thomas n'était qu'une illustration. Julien avait bien ressenti que son accident l'avait changé, il n'avait pas oublié sa rencontre avec *son autre*. Ce dernier lui avait transmis des souvenirs et, par la même occasion, une part de son vécu discordant du sien.

À l'arrivée, l'aéroport d'Honolulu les surprit agréablement par ses dimensions raisonnables et son ambiance accueillante. Bienvenue dans *The Aloha State*. Aurore s'amusa de l'appellation *Wahine* des toilettes pour femmes. Ils prirent sans traîner leur voiture de location avec la bonne surprise de bénéficier d'un inattendu surclassement pour une belle Mustang, de surcroît décapotable. Pour le bonheur d'Aurore qui manifesta sa bonne humeur :

— Alors heureux ? On est pas mal là, non ? Tu trouves pas ?

— Carrément bien, oui ! Trop cool Hawaï, ça commence fort dis donc avec cette super caisse.

— Dis-moi, alors c'est quoi les réjouissances avant de retrouver le cousin Bill après-demain ?

— Ben écoute, on va profiter tous les deux. C'est pas tous les jours qu'on est au paradis hein ? On a un hôtel sympa à deux pas de la plage de Waikiki. On va tenter le surf, non ? T'as pas envie, toi ?

— Top, oui bien sûr ! On va voir comment on se débrouille. Mais attention, c'est la compet ! Pas de cadeau, que le meilleur gagne ! *Let's ride the waves* !

Alors qu'Aurore conduisait, Julien farfouillait le tableau de bord afin de décapoter la Mustang.

— Ah voilà ! J'ai trouvé comment ça marche ce truc, enfin bon, je crois… On va profiter d'être arrêté au feu, dit-il à voix haute.

Alors que la capote commençait à se rétracter, Julien enchaîna :

— Toi, t'as fait plein de planche à voile depuis toute petite dans tes Pyrénées-Orientales. J'ai aucune chance, moi !

— Pff, arrête donc de râler… Waouh, trop cool les cheveux au vent ! Merci ! J'y pense, tu m'avais dit que t'avais un scoop sur Tua. J'ai pas oublié et on y est ! Alors ?

— C'est vrai. Tu te rappelles quand j'avais demandé à Bill avant Noël des précisions sur les dates de naissance de son côté ?

— Oui, bien sûr, tu voulais surtout vérifier ton hypothèse que le père biologique de Tua pouvait être Aristide.

Julien fit une moue en se grattant la joue droite. Un de ses tics notoires témoignant d'une légère contrariété. Il prit quelques secondes avant de répondre.

— Bon ben en fait, Bill ne m'a jamais répondu sur les dates. J'ai peut-être été trop insistant ? Ou tout simplement il n'a pas pris le temps de me répondre. Enfin bref, peu importe... Du coup, j'ai fait mes petites recherches sur internet. J'ai eu l'idée de consulter les archives de l'US Department of Veterans Affairs qui donne accès aux informations sur les soldats enterrés dans les cimetières militaires...

— Ah oui tiens, excellente idée ! répondit Aurore en appuyant sur le champignon pendant que Julien continuait ses explications.

— Et là bingo ! J'ai retrouvé Tua, mort le 3 mai 1945 et qui est enterré au National Memorial Cemetery of Pacific, ici même à Honolulu. Du coup, j'ai sa date de naissance exacte, le 18 février 1914. Donc ça colle. Ça ne fait guère de doute qu'il soit le fils d'Aristide. Et cela explique le pourcentage élevé de correspondance ADN avec Bill puisque nous avons bien génétiquement deux ancêtres en commun, Mahana - déjà identifiée - et donc également Aristide - ce qui est nouveau.

— Trop fort, mon chéri ! Bon allez, en attendant, direction Waikiki ! conclut Aurore.

Finalement, la journée précédant la rencontre avec Bill passa très vite. Faute de temps, Julien avait renoncé à se rendre à Waianae pour y voir la statue en mémoire d'Iz, le chanteur hawaïen décédé le jour de la naissance de sa sœur Lhéa. Sa mère Nadine y avait déjà vu un signe à l'époque.

Levés tôt du fait du décalage horaire, Julien et Aurore allèrent au Diamond Head sur les conseils du personnel de l'hôtel. La tête de diamant était un petit cratère qui dominait Honolulu, d'un accès facile depuis la ville. En arrivant sur le site, ils furent surpris par les nombreux panneaux d'avertissement : être munis de chaussures de randonnée, casquette, réserve d'eau, ravitaillement... Julien et Aurore comprirent vite que ces mises en garde s'adressaient à un certain public américain pour qui marcher plus de deux cents mètres relevait de l'incongruité. Chaussés de tongs, sans même une gourde, ils se lancèrent néanmoins sur un large chemin qui s'avérait sécurisé, balisé, muni de rampes et d'escaliers dès que la pente dépassait les quinze pour cent. D'ailleurs, la foule se pressait dans ce qui s'apparentait à une belle balade familiale. Les gamins trottinaient devant jusqu'au moment où ils s'arrêtaient, mimant l'épuisement, pour demander à leurs parents de les porter. Petite ascension mais grande sensation, le paysage depuis le sommet était spectaculaire. C'était un festival de couleurs entre les nuances de bleus du ciel et de la mer, les verts des parcs et de la végétation, le blanc du sable, les dégradés de gris des quelques nuages parsemant l'azur et les reflets dans les façades de verre des buildings. La perspective était plongeante sur l'ensemble de la ville, depuis le joli phare au pied du volcan jusqu'à Pearl Harbor au loin. Lors de la descente, Aurore remarqua la variété des touristes et surtout de jeunes couples d'Asiatiques. Elle se rappela que l'archipel était au beau milieu de l'océan Pacifique. À peine plus éloigné de l'Asie que du continent américain et surtout l'endroit idyllique pour une *honey moon*.

Waikiki, plus connu par certains comme un cocktail, était avant tout la plage renommée d'Honolulu. En arrivant sur le front de mer, Aurore et Julien remarquèrent tout de suite une imposante statue ornée de couronnes de fleurs. C'était celle de Duke Kahanamoku, légende du surf, qui fut aussi cinq fois champion olympique de natation et plus accessoirement acteur dans quelques films. La plage était magnifique, bien que bondée en cette fin d'après-midi. Ils se renseignèrent sur les cours de surf. Tarif cent vingt dollars l'heure et par personne ; Julien et Aurore optèrent donc pour l'autoformation. Après tout, ils avaient déjà visionné des tutos sur YouTube et observaient avec attention les pratiquants dans l'eau. Ils n'ambitionnaient pas de danser sur la planche dès leurs premiers essais, mais juste d'avoir le plaisir et les sensations de *rider* quelques secondes une vague, même petite. L'objectif était raisonnable. Sous l'œil bienveillant du Duke, armés de leurs longues planches louées, les deux amoureux galérèrent au début. Ils restèrent prudemment sur le premier front de vagues, guettant le bon moment pour prendre de la vitesse et bien se positionner afin de bénéficier de la portance de l'eau. Rien d'impressionnant, mais tout à fait suffisant. Captant les petites déferlantes au bon moment pour être poussés, ils se mirent tant bien que mal à moitié debout gérant un équilibre précaire pour quelques instants de pur bonheur. Ils se payèrent même le luxe de partir sur la même vague à quelques mètres l'un de l'autre, presque à pouvoir se donner la main. Un moment magique dans l'atmosphère féerique du soleil se couchant à l'horizon. Après l'effort, assis sur leurs planches de surf, les pieds trempant dans l'eau d'une douceur agréable, tiède, bercés par le léger clapotis, ils jouirent d'un soleil rougeoyant d'où se détachaient grand-voile et génois d'un grand catamaran au loin. La meilleure photo n'aurait pas pu témoigner l'indicible bien-être vécu par Aurore et Julien à cet instant présent.

Le cousin Bill

Juin 2024

Ce jour-là, Julien et Aurore avaient prévu de retrouver Bill. Le lieu de rendez-vous choisi par l'Hawaïen était un restaurant local, le Mud Hen Water. Bien en dehors du centre-ville, il s'agissait d'une adresse fréquentée par les autochtones et réputée pour sa véritable cuisine hawaïenne. « Ça vous changera des trucs à touristes hors de prix du centre », leur avait-il dit.

Plutôt que de prendre la voiture, le jeune couple se rendit à pied au restaurant, pourtant relativement éloigné, jugeant intéressant de découvrir Honolulu sous un autre angle. Rapidement sortis de la zone très touristique de Waikiki, et une fois passé un golf, Aurore et Julien remontèrent un quartier résidentiel. Comme dans les typiques banlieues américaines, ils déambulèrent dans de larges rues, bordées de maisons en bois souvent ornées de l'*US flag*. Pelouses ouvertes et tondues au millimètre, boîtes aux lettres en aluminium avec un fanion rouge, et gros 4x4 garés dans les allées. C'était un peu *Wisteria Lane*, certes en moins cossu, mais avec les hibiscus, les planches de surf à l'arrière du pick-up et le Diamond Head en arrière-plan.

Bien qu'éloigné de la France, le couple avait suivi l'actualité nationale à la suite des élections européennes. Ils étaient consternés par la décision d'Emmanuel Macron de dissoudre l'Assemblée nationale et de provoquer de nouvelles élections législatives. Quelques très rares commentateurs semblaient considérer l'oukase présidentiel comme audacieux, calculé, voire stratégique. Aurore et Julien y voyaient surtout un geste radical, précipité et dangereux, signe d'une terrible déroute. Tout en marchant, ils rivalisèrent de citations d'Audiard pour illustrer le chaos généré par celui qu'on appelait un temps le Mozart de la finance.

À leur arrivée au restaurant, ils trouvèrent Bill déjà installé, une bière à la main. Situé à l'angle de deux rues, l'établissement d'apparence modeste, révélait un intérieur chaleureux, bien décoré avec une jolie terrasse et un accueil très sympathique à l'aide du traditionnel *Aloha*. Julien et Aurore furent surpris par leur cousin lorsque ce dernier se leva de table pour les saluer en les ayant reconnus dès leur entrée. C'était un garçon immense qui déroula son mètre quatre-vingt-dix avec souplesse et une élégante nonchalance propre aux personnes sûres d'elles et insensibles à toute forme de pression et d'inutile précipitation. Il s'adressa à eux d'une belle voix grave, quelque peu gâchée par un accent légèrement nasillard. Avec son magnifique teint cuivré des Polynésiens, ses traits fins, son corps musculeux que l'on devinait sous sa chemise à fleurs, Bill semblait tout droit sorti d'un spot de publicité pour une agence de voyages. *Il est bien mieux en vrai qu'en visio*, pensa Aurore, sous le charme. Elle regrettait cependant sa casquette de basketball NBA qui masquait une superbe chevelure noire.

La rencontre était très chaleureuse. Chacun eut droit à un gros *hug*, se retrouvant à tour de rôle presque étouffé par des bras gigantesques. Une sincère émotion les étreignit face à cette démonstration spontanée d'affection. Bill se risqua à quelques mots de bienvenue en français, mais laissa vite tomber au grand soulagement des deux petits Français.

— Bill, nous sommes ravis de te voir pour de vrai. Merci beaucoup pour ton invitation, commença Julien en se rasseyant à table.

— *My pleasure*, cela me fait tant plaisir de rencontrer mes cousins français. J'attendais impatiemment ce moment ! Alors, dites-moi, Hawaï, ça vous plaît ?

— On adore ! On a fait le Diamond Head, quel spectacle ! s'empressa d'indiquer Aurore, en offrant son plus beau sourire à l'Américain. Et puis on a surfé à Waikiki.

— *Great*, c'est la première fois le surf pour vous deux ? Quelles sont vos impressions ?

— Vraiment top, juste ce qu'il fallait pour démarrer. On a loué deux planches pour débutants. Et on s'est pas trop mal débrouillés pour une première. En tout cas, on a réussi à se mettre debout et *rider* quelques bonnes secondes, s'esclaffa Aurore.

— Bravo, ce n'est pas facile de débuter. Moi j'en fais depuis que j'ai six ou sept ans. Ça va, j'assure mais je suis un peu trop massif. Je manque de style d'après ma petite sœur Carissa.

— Ça serait top d'en faire ensemble. Tu pourrais nous apprendre ? suggéra Julien.

Bill sortit alors son téléphone pour montrer quelques photos de sa jeune sœur Carissa lors d'une compétition internationale.

— C'est surtout elle qui le pourrait… Voyez, c'est une sacrée championne ! Elle a récemment ouvert un centre de surf à Pupukea sur North Shore, la Mecque des surfeurs, de l'autre côté d'Oahu. Carissa est une reine, elle a démarré très jeune et remporté rapidement ses premiers titres. Elle tient ça de Liam, notre grand-père. Elle continue à concourir, mais prépare déjà sa reconversion. *Business is business,* vous savez. C'est une pro, elle est très occupée. Elle n'a pas pu venir aujourd'hui, mais passez donc la voir si vous pouvez. En plus, la côte nord est magnifique. En cette saison, pas de grosses vagues ; avec un peu de chance, vous pourrez refaire du surf avec elle. Et puis essayez le *snorkeling,* vous verrez à coup sûr des tortues et plein de poissons. Allez-y, c'est magique !

— Vendu ! répondit Aurore toujours enthousiaste.

Le déjeuner passa très vite. Julien et Aurore évoquèrent leur famille, leurs enfants, parlèrent de la France, des différences culturelles avec les États-Unis, de leur découverte de la Californie. Bill raconta son parcours, sa formation d'avocat, ses débuts dans un cabinet. Julien garda pour lui qu'il n'imaginait pas Bill plaidant une affaire. Aurore au contraire n'était pas surprise et prêtait volontiers à Bill une capacité à captiver l'audience. Il s'était enfin décidé à enlever sa casquette et elle était sous le charme du grand gaillard. Elle plongea les yeux dans son assiette pour éviter de contempler ce véritable Apollon. Son conjoint aurait encore été capable de lui faire une crise de jalousie...

Julien, lui, n'oubliait pas l'objet premier de leur rencontre : en savoir plus sur sa famille polynésienne. Pendant qu'Aurore consultait la carte pour la suite du déjeuner et que *Sultans of Swing* avec la guitare magique de Mark Knopfler occupait agréablement le fond sonore, il enchaîna :

— Bill, j'ai été très impressionné par l'engagement de ton arrière-grand-père Tua dans l'armée américaine dès le début du conflit avec le Japon.

— Oui, Tua était un héros. Il n'avait aucune obligation d'aller combattre. Comme je vous l'avais dit, son fils Liam, mon grand-père, est né le jour même de l'attaque des Japonais sur Pearl Harbor. *You know*, un énorme traumatisme pour l'Amérique. Cette terrible agression a déclenché l'entrée en guerre des États-Unis. Tua s'est donc porté volontaire et n'a pas vu son fils grandir. Grâce à sa femme

Mary, nous avons récupéré beaucoup de ses lettres, des photos, ses décorations. Il s'est illustré dans de nombreux combats. Il était dans l'infanterie, 77e division, 307e régiment pour être précis. Il y a croisé Desmond Doss qu'il évoquait dans une de ses lettres. Doss était un objecteur de conscience qui refusait de porter les armes et a servi comme infirmier.

— Oui, je connais cette histoire. Elle a inspiré un film de Mel Gibson. Un sacré héros, ce gars, il a sauvé de nombreux soldats lors d'une des batailles du Pacifique les plus meurtrières.

Bill répondit à Julien tout en observant du coin de l'œil Aurore qui avait encore le nez plongé dans le menu, incapable de faire un choix.

— Oui, à celle d'Okinawa. Tua est mort là-bas, malheureusement il ne faisait pas partie des soldats sauvés par Desmond Doss. Aurore, je te recommande le *lu'au stuffed porchetta,* tu ne seras pas déçue, ajouta-t-il en sautant du coq à l'âne.

Aurore acquiesça de la tête tandis que Julien, un peu décontenancé par l'aparté de Bill, reprit le fil des questions qu'il avait préparées.

— Ton arrière-grand-père a eu un triste sort, mais sa descendance lui fait honneur. Et tu connais un peu sa vie avant son engagement dans l'armée ?

— En fait non, nous connaissons de Tua surtout sa vie américaine, mais pas grand-chose de son passé en

Polynésie ni de son arrivée à Hawaï. À vrai dire, je ne sais même pas comment il a rencontré sa femme Mary alors qu'ils venaient de communautés très différentes. Peut-être que Liam pourra vous renseigner. Il n'a pas connu son père, mais Mary lui en a certainement beaucoup parlé.

— Merci, Bill, pour toutes ces informations. Nous pourrions rendre visite à Liam ensemble si tu es d'accord ?

— Bien sûr, je l'appelle et j'organise tout ça. Et sinon quelle est la suite de votre programme à Hawaï ? Vous savez, j'ai plein d'idées à vous donner ! ajouta Bill sans attendre leur réponse.

Julien et Aurore ressortirent du restaurant avec la liste longue comme le bras des suggestions de Bill.

— Ben faut rester deux mois pour faire tout ce que Bill propose !

— Clair, on va arbitrer vite fait. Moi je dis *snorkeling*, découverte de la North Shore, randonnées, plage, re-surf et shopping pour finir, proposa Aurore.

— Bien, Chef, oui, Chef, valida Julien en prenant la main d'Aurore alors qu'ils redescendaient vers Waikiki, ravis de leur déjeuner hawaïen.

Rencontre avec Liam

1er juillet 2024

C'était le grand jour, celui de la rencontre avec le grand-père Liam. Un double grand jour, car la petite Luce fêtait ses quatre ans. La fillette était restée en France avec son grand frère Malé chez les parents d'Aurore dans la maison familiale à Elne. Même si Julien et Aurore n'avaient pas touché terre depuis leur départ il y a plus de deux semaines, leurs enfants leur manquaient. Ils s'étaient donc levés très tôt afin de lui souhaiter un joyeux anniversaire. Profitant du wifi de leur hôtel à Waikiki, ils passèrent un appel vidéo pour la France. Dès que la petite décrocha, les parents s'exclamèrent en chœur :

— Coucou, ma puce, bon anniversaire !

— Maman, Papa, vous rentrez quand ? Vous me manquez. J'aime bien Papi et Mamie, mais c'est mieux avec vous, répondit sans filtre la petite Luce bien plus concernée par le retour de ses parents que par sa fête.

Aurore rassura leur petite fille :

— Bientôt, ma chérie, dans quelques jours nous serons à la maison. Aujourd'hui, nous allons voir un monsieur, un peu comme grand-Papi. C'est pour le voir que nous sommes partis quelques jours, Papa et moi.

— Oui, mais vous rentrez quand ? insista l'enfant.

— Très vite, Luce, c'est promis.

Comprenant qu'il valait mieux abréger l'échange pour éviter une crise de pleurs, Aurore enchaîna avant de raccrocher :

— Allez, gros bisous, ma chérie, on t'aime très très fort ton frère et toi. Allez, on rentre très vite !

Toujours avec leur Mustang, le couple se rendit directement chez Liam à Lanikai. Depuis le décès de sa femme, le vieil homme habitait seul dans une belle maison cossue surplombant l'océan et les deux îlots Moku Nui et Moku Iki. En randonnant la veille, Julien et Aurore avaient eu l'occasion d'apercevoir ces deux petites îles sœurs et de les contempler en rêvassant assis sur de petites casemates joliment taguées dominant la baie paradisiaque et ses deux *Moku*.

Liam les accueillit avec un large et chaleureux sourire. Julien nota sur-le-champ une ressemblance avec Michel, son propre grand-père. À quatre-vingts ans passés, Liam avait encore le corps athlétique et musclé d'un ancien grand sportif. Ses traits fins, sa chevelure blanche, ondulée et encore abondante, la douceur de ses yeux, rappelaient singulièrement Michel. Sa chemise légèrement ouverte laissait deviner de larges tatouages maohis dont Aurore était curieuse de connaître la signification. Après avoir un peu échangé dans l'entrée, Liam les invita à passer à l'arrière dans un joli jardin au fond duquel ils aperçurent une remise qui servait de rangement et d'atelier pour une multitude de planches de surf. Ils acceptèrent un café américain - qu'ils n'estimèrent guère meilleur que ceux servis sur le continent - et Julien s'adressa au vénérable personnage :

— Cher Liam, nous avons quelque chose pour vous. C'est une ancienne photo, du début du XXe siècle. Voici Mahana, votre grand-mère, la mère de Tua, votre père, devant sa maison près de Papeete. Ce bébé dans ses bras, c'est Tiarehere, votre tante, la sœur aînée de Tua.

Comme hypnotisé par la photo qu'il prit en main, sa voix chaude légèrement tremblante, chargée d'émotion, Liam demanda :

— Où avez-vous eu cela ?

— Cette photo vient de mon grand-père, Michel. Il a votre âge. Il y a peu, nous avons découvert qu'il avait été adopté à sa naissance. Sa vraie mère s'appelait Maimiti. Elle était la fille de Tiarehere, le nourrisson dans les bras de Mahana sur la photo. Nous l'avons trouvée, avec d'autres documents, dans de vieux cartons lors d'un déménagement.

Julien et Aurore prirent le temps de lui expliquer en détail les informations qu'ils avaient mises au jour à travers leurs recherches. Julien passa sous silence son accident, la vision de son double, fait déclencheur de leurs investigations. De façon étrange et inexplicable, Julien ressentit que Liam aurait pu le comprendre.

— *Mahalo*, merci, *mäuruuru roa*, comme aurait dit Tua, mon père.

— Vous parlez le tahitien ? interrogea Aurore, toujours curieuse.

— Quelques mots. Je les tiens de ma mère, Mary. Elle n'était pas polynésienne, mais elle aimait tant mon père qu'elle avait fait sienne la culture polynésienne. Pourtant, elle était d'origine irlandaise, d'où mon prénom. C'est aussi à Maman que je dois mes tatouages. Il semble qu'elle préférait l'art maohi au trèfle et à la harpe...

Fermant les yeux, Liam sourit en revoyant le doux visage de sa mère bien-aimée.

— Liam, justement, si je peux me permettre, que signifient vos magnifiques tatouages ? demanda doucement Aurore.

Sensible à la délicatesse toute féminine de la jeune femme, Liam hocha la tête. Il se ressaisit, content et fier de montrer quelques-uns de ses tatouages.

— Pour la plupart, il s'agit de symboles guerriers en hommage à mon père, à sa bravoure, à son sens de l'honneur et du devoir qui l'a fait s'engager dans l'armée pour combattre les Japonais. Là, vous voyez, c'est une lance, ici des dents de requins. Elles représentent l'héroïsme. Là encore, voyez sur l'épaule, un dauphin qui symbolise la protection.

— Liam, que savez-vous de vos origines polynésiennes ? s'enquit Julien après l'intéressante digression.

— À vrai dire, peu de chose. Comme je n'ai pas connu mon père, je tiens tout cela de ma mère. Je crois bien que mon père était peu bavard sur sa vie avant de venir à Hawaï en 1934. Il est arrivé ici à vingt ans et s'est fait embaucher dans une plantation d'ananas, chez Dole, comme beaucoup d'émigrés. Il y avait besoin de main-d'œuvre à l'époque, au sortir de la grande crise de 1929. Hawaï n'était pas encore un État américain, bien qu'annexé depuis la fin du XIXe siècle. L'île était surtout peuplée de Polynésiens installés au fil des siècles. Tua est venu ici après la mort de sa mère, Mahana, dont je découvre enfin le visage grâce à votre photo. Ma grand-mère paternelle a beaucoup souffert. Après la naissance de Tua en 1914, elle a passé sa vie à redouter que le *mauvais Français* revienne lui prendre son fils tout comme il avait enlevé sa grande sœur.

— Comment ça ? Le Français en question, c'est évidemment Aristide, le grand-père de mon propre grand-père. Mais nous pensions qu'il avait ramené Tiarehere et la petite Maimiti en France pour leur bien. Vous dites que c'était un enlèvement ?

La voix plus forte, traduisant le mépris qu'il avait de son ancêtre français, Liam expliqua :

— Comment une mère aurait pu accepter une telle séparation ? Bien sûr que c'était un rapt. Le pire qu'il soit. Et Tua a toujours su que cet Aristide était son père. Il l'avait confié à ma mère dans ses rares paroles sur ce douloureux passé. Et quant à moi, j'ai gardé le silence. Cela ne concerne pas mes enfants. Autant les épargner. Méchant homme, « *ino* », c'est ainsi que mon père désignait cet infâme personnage qui avait enlevé sa sœur avec son bébé et fait mourir sa mère de tristesse.

Finalement peu surpris par ce témoignage, Julien comprit mieux le manque d'informations de Bill sur cette branche polynésienne. *Moi qui prenais Aristide pour un héros, un aventurier à la Indiana Jones, un homme exceptionnel, courageux et juste,* pensa Julien. Ainsi l'ancêtre Aristide n'était pas l'homme bon, l'explorateur intrépide et plein d'honneur que Julien avait idéalisé à travers ses découvertes. Mais plutôt un sombre individu, un vrai salaud. Julien réalisait qu'il n'avait jamais entendu parler de cet ancêtre dans les discussions de famille. Contrairement à d'autres aïeux sur lesquels tant d'anecdotes avaient été contées, sur ces valeureux poilus et autres actes de résistance, transmises de génération en génération, véritables fiertés familiales. De fait, jamais son grand-père Michel ni sa mère Nadine n'avaient évoqué ce personnage. *Ils savaient des choses,* médita Julien.

Perspicace et attentif, Liam remarqua la mine soudain taciturne de son visiteur.

— Julien, c'est du passé tout ça. Ce sale bonhomme est mort depuis longtemps. Tu sais, j'ai remarqué comment tu m'as dévisagé en arrivant. Tu cherchais ton grand-père en moi, pas vrai ?

Ragaillardi par ces paroles, Julien répondit en souriant :

— Oui, même s'il n'a pas le type polynésien comme vous, je retrouve cette énergie, ce menton carré, volontaire, qui cependant n'affecte pas votre douceur. Votre regard perçant et certains de vos gestes et expressions sont frappants de ressemblance. Il est physiquement moins en forme que vous, mais ça va. Vous faites plus jeune que lui et aussi il est plus rond, c'est un bon vivant !

— Je suis très content que tu me parles de ma famille française et surtout de Michel. J'ai l'impression de le connaître comme un proche parent. D'ailleurs, j'y pense, j'ai quelque chose pour lui, se remémora Liam.

Il se leva, se rendit dans son salon et revint avec un drôle d'objet qu'il avait sorti d'une vitrine.

— Merci beaucoup, Liam, de quoi s'agit-il ?

— C'est un tiki, une sculpture en bois que je tiens de mon père. J'en ai deux quasi jumeaux, celui-là est pour ton grand-père. Tua lui-même les tenait de sa mère Mahana. Il est juste que l'un des deux revienne à ta famille.

Aurore prit l'objet puis, le tournant avec prudence entre ses mains, elle le détailla avec attention. C'était une figurine en bois taillé d'une vingtaine de centimètres. Sa surface patinée, abîmée par endroit, témoignait de son authenticité. Tel un totem miniature, elle représentait un être humain par sa forme générale, cependant doté d'une tête disproportionnée. Les traits exagérés, le visage arborait un grossier sourire, à la fois rassurant et inquiétant selon l'angle avec lequel on le regardait. D'une façon inexplicable, des ondes bienfaisantes semblaient émaner de l'idole en bois. Aurore questionna d'emblée :

— Liam, merci du fond du cœur ! Et quelle est sa signification ?

— Le tiki représente l'*homme-Dieu,* c'est l'héritier du *mana,* cette force spirituelle qui nous imprègne tous. Le tiki apporte protection et harmonie. Mahana voulait, à travers ces statuettes, protéger ses deux enfants chéris. Je souhaite ardemment qu'il apporte la paix et la sérénité à Michel et à toute votre famille, précisa Liam comme s'il entrevoyait des tourments.

— *Mahalo,* Liam, vraiment merci pour tout.

Arrivant d'Honolulu, Bill les rejoignit peu après chez Liam. Il sortait d'un rendez-vous avec un client qu'il représentait en tant qu'avocat et il était vêtu d'un costume sévère. Le contraste avec le Bill qu'ils avaient vu quelques jours auparavant en chemise hawaïenne et en tongs était saisissant. Cela troubla Aurore. En déjeunant tous les quatre, le grand-père parla de sa jeunesse, de sa découverte du surf, de son passé de *Waikiki beachboy,* des jolies filles dansant sur leurs longues planches et qu'il séduisait en défiant des vagues toujours plus grandes. Puis sa carrière dans la police avec l'envers du décor. Hawaï n'était pas épargné par la violence, la délinquance et les meurtres. Il leur parla avec émotion et respect du Duke, qu'il n'avait pas connu sur les vagues, mais en tant que patron, shérif d'Honolulu.

Le soir, de retour dans leur hôtel à Waikiki, Aurore et Julien débriefèrent de leur déjeuner avec Liam.

— Quel personnage ce Liam quand même. Impressionnant ! Il ferait bien la paire avec ton grand-père.

— Oui, clair, même si j'avoue que je ne sais pas trop ce que je vais lui raconter au grand-père. Le Aristide avec ce qu'on vient d'apprendre, beurk, à gerber ! C'était vraiment un sale type.

— Enfin, Julien, franchement, tu ne crois pas que ton grand-père le sait ? Regarde donc, tu te souviens de son désintérêt pour tes découvertes sur ses origines. Et sa réticence évidente à aller plus loin. Tu te rappelles bien sûr, sa réaction était quand même hyper violente ! Pas du tout le Michel qu'on connaît, c'est bizarre, non ?

— Bien d'accord, et puis surtout, jamais, vraiment jamais Michel ne nous a parlé de cet Aristide. Comme s'il n'avait pas existé. Pourtant, Joseph et Jeanne, ses parents adoptifs, l'ont forcément connu.

— Oui, et donc du coup tu seras cash avec lui sur les révélations de Liam ?

— Oui, je pense que oui. Après tout, comme le dit Liam, il est mort depuis belle lurette ce sale bonhomme. On s'en fout. Et puis surtout on rapporte ce tiki qui vient de Mahana. Quel beau témoignage d'affection de la part de Liam. Cela touchera Papi, c'est évident.

Enlèvements à Papeete

1920

Aristide avait traversé la Grande Guerre sans encombre grâce à quelques relations qui lui avaient trouvé un poste dans un dépôt de l'armée bien à l'arrière du front. Son sens assez flexible de l'honneur s'accommodait fort bien de ce statut peu glorieux d'embusqué. Cela lui avait permis de sortir vivant et sans la moindre égratignure de la terrible boucherie humaine.

Cette planque lui avait laissé du temps libre et Aristide s'était attaché à garder le lien avec Charles, le missionnaire, à Tahiti, qui lui donnait des nouvelles de la Polynésie. Ce dernier, tout acquis à la cause de son ami aventurier, n'avait jamais prêté attention aux rumeurs diffamatoires qui avaient quelque temps couru sur son compte. Comment donner crédit aux dires de ces indigènes maohis illettrés et attachés à leurs croyances païennes et surnaturelles ? C'est ainsi par l'intermédiaire de l'évangéliste égaré qu'Aristide avait appris que sa fille Tiarehere avait accouché fin 1919 d'une enfant prénommée Maimiti.

Disposant maintenant de moyens financiers importants grâce à son mariage avec Alexandrine, Aristide s'était mis en tête que la place de sa fille et de sa petite-fille était en France, à ses côtés. Avec son bagou habituel, il avait tenté de convaincre Alexandrine que son devoir était d'aller les chercher à Tahiti et de les intégrer à leur famille. Cette dernière n'avait cependant plus aucune illusion sur l'homme qu'elle avait épousé six ans auparavant et avec qui elle avait eu deux enfants, Joseph en 1916 et Victoire fin 1918. Elle avait depuis longtemps démasqué l'imposteur. Pour autant, par faiblesse et par peur du qu'en-dira-t-on, elle entretenait le mythe d'un mariage réussi. Et puis avoir un mari vivant et non estropié n'était pas si courant en cette après-guerre dévastatrice. Elle donna son accord pour qu'il allât les chercher, *au moins ça me fera quatre ou cinq mois où je serai débarrassée de lui,* se réjouissait-elle. Toutefois, elle refusa catégoriquement de les reconnaître et de les accueillir au sein de sa famille.

— Ta bâtarde et sa fille seront intégrées au personnel de maison, imposa-t-elle à Aristide qui n'y opposa aucune objection.

Aristide prit le départ pour son long périple vers Tahiti comme il l'avait déjà entrepris dix-sept ans auparavant. Le trajet n'avait guère changé. Il fallait traverser l'Atlantique jusqu'à New York, puis le continent nord-américain par le chemin de fer pour rejoindre la côte ouest et enfin affronter l'océan Pacifique jusqu'aux îles polynésiennes. Aristide partit cette fois-ci du Havre sur le paquebot *France*, le *Versailles des mers* de la Compagnie générale transatlantique. Depuis San Francisco, il prit la liaison mensuelle pour la Polynésie en même temps qu'un jeune couple, André et Elsa. Aristide, qui n'avait rien perdu de son charme et de son allant, sympathisa avec eux. Elsa, jeune femme russe, avait rencontré André Triolet, alors officier français en poste à Moscou, et l'avait épousé. Aristide évita d'échanger sur son peu glorieux passé patriotique avec le militaire. Il préféra passer d'agréables moments avec la ravissante jeune mariée grâce à qui il apprit quelques rudiments de russe durant la longue traversée.

Une fois à Papeete, sans en avoir aucunement informé Mahana, ni sa famille, Aristide déroula le plan qu'il avait élaboré depuis la France. Il avait pris le temps de le peaufiner pendant le long voyage, vérifiant méthodiquement chaque détail. Dès son arrivée sur l'île, il s'acquitta de vieilles dettes auprès d'anciens comparses. Il n'oublia pas de les gratifier de généreux intérêts. Cette initiative fort bien calculée lui facilita le recrutement de quelques hommes de main, peu regardant sur les services pour lesquels ils allaient être grassement rémunérés. S'appuyant sur des relations dans l'administration locale, et moyennant quelques dessous de table, il obtint des papiers autorisant l'émigration de Tiarehere et Maimiti en France. Une fois encore, Charles, son ami missionnaire, lui fut d'un grand support. Comment ne pas contribuer à sauver les âmes et corps de ces deux innocentes des pratiques païennes de ces indigènes ignares ?

Tout était prêt pour l'enlèvement de sa fille et son enfant. Prudent, Aristide ne donna le signal des opérations que quelques heures avant le départ du bateau pour les États-Unis. Cela ne laissa aucune chance à Mahana et à sa famille de pouvoir réagir, ni même réaliser la monstruosité de ce rapt aussi improbable qu'inattendu.

Nouvelles révélations

6 juillet 2024

Revenus en France, les bagages chargés de souvenirs et des différentes commandes familiales - dernier iPhone, chemises hawaïennes et même un ukulélé –, Julien et Aurore avaient appris que le grand-père Michel avait eu quelques soucis de santé. Son cœur, de plus en plus fragile, lui avait valu une courte hospitalisation pour des examens. Le médecin n'était pas alarmant, mais recommandait néanmoins de le ménager et de lui assurer quelques jours de repos sous surveillance avant de le laisser rentrer chez lui.

Lors d'une visite de sa mère dans leur appartement parisien, Julien en profita pour lui raconter les confidences de Liam sur Aristide.

— Tu sais, Julien, je ne suis malheureusement pas surprise de ce que tu me dis sur cet Aristide, lui confia Nadine en le fixant droit dans les yeux.

— Oui, je vous ai toujours sentis très réservés, Papi et toi, sur mes découvertes et la poursuite des investigations. Nous étions tous surpris. Vous auriez dû être enthousiastes, surtout toi, Maman, qui nous a toujours parlé de la Polynésie. Pourquoi ce revirement ?

Nadine se dirigea vers la petite terrasse et répondit tandis que son fils l'accompagnait.

— Pour tout te dire, nos origines polynésiennes, je les connaissais, Julien. Gamine, en farfouillant dans le grenier de mes parents, j'étais tombée sur ces vieilles photos de Tahiti, notamment celle d'une belle vahiné avec son bambin dans les bras. J'ai posé des questions à Papa, mais il m'envoyait systématiquement balader, de plus en plus rudement. Alors j'ai enfoui ça. Plus tard à l'adolescence, j'en ai reparlé à ton grand-père. Il refusait de parler, pourtant à force de le tanner il a fini par me lâcher que Jeanne et Joseph étaient des parents adoptifs et que sa mère était une inconnue venant des îles lointaines. Après, il s'est muré dans le silence, il n'a jamais voulu en reparler, il était toujours à cran dès que je revenais vers lui sur le sujet. Michel m'a fait jurer de garder le secret. De mon côté, j'étais frustrée de ne pas pouvoir en faire plus état. Cela me faisait rêver, je trouvais ça très excitant. À défaut de pouvoir en parler et d'investiguer, je m'intéressais en secret à la Polynésie, ses coutumes, son art de vivre, le surf... D'où mes allusions, mes petites manies. C'était ma façon à moi de porter ce fardeau du secret sur mes épaules.

— Je comprends mieux. Et à Papa tu ne lui as jamais rien dit ?

Tout en parlant, Nadine s'affairait à enlever des jardinières les fleurs fanées qui avaient manqué d'eau en l'absence de leurs propriétaires.

— Tu aurais dû faire attention à tes plantes, mon petit Julien… Pour répondre à ta question, non, j'avais juré. Mais Patrick n'est pas bête. Ton père avait saisi. En fait, il n'a pas été surpris de tes découvertes. Il a toujours respecté mon serment auprès de ton grand-père. Tu as vu combien il était emballé à l'idée de votre voyage à Hawaï. Il a compris qu'une page allait se tourner. Moi aussi, cependant j'avais un engagement de silence auprès de mon père.

Peu concerné par l'état de sa flore, Julien renchérit :

— Cet Aristide, tu savais qu'il avait enlevé sa propre fille et petite-fille à leur mère Mahana ?

— Non mais ce n'est pas une surprise. Je peux juste te dire que cet homme était un monstre. Rentrons si tu veux bien. J'ai un peu chaud en plein soleil, ajouta Nadine en quittant le balcon pour pénétrer dans le salon. Tu te rappelles lorsque je suis allée voir seule ton grand-père ?

— Oui, bien sûr, tu es revenue fermée comme une huître. Quant à Papi, on se rappelle tous sa crise démentielle…

— Ne juge pas trop vite, Julien. Ton grand-père m'a confié des informations sur cet Aristide, des choses terribles. Il ne voulait pas que tout cela sorte. C'est si horrible.

— Mais c'est quoi ? Tu peux m'en parler ? Pourquoi tous ces mystères enfin ? C'est gonflant à la fin !

Nadine regarda son fils les yeux las et lui répondit en soupirant :

— Julien, je t'entends. Ce n'est pas à moi de t'en parler. Va voir ton grand-père. Michel est prêt maintenant. Il est temps qu'il surmonte la honte dans laquelle il s'est trop longtemps emmuré. Pourtant, il n'est évidemment pas responsable des agissements de son ancêtre.

Poursuivant à haute voix l'expression de ses pensées, Nadine rejoignait la cuisine pour se débarrasser des déchets végétaux qu'elle tenait en main.

— D'ailleurs, pourquoi Michel nous avait-il confié toutes ces boîtes avec les photos et papiers que tu as trouvés ? Il aurait pu les garder chez lui. N'est-ce pas là une forme d'acte manqué ? Parce qu'inconsciemment il voulait que la vérité sorte ?

Très troublé, Julien en parla le soir même avec Aurore lorsqu'elle rentra du travail. Ils étaient sur leur grand balcon afin de profiter de la douce soirée.

— J'ai l'impression que nous arrivons à la fin d'un film et que le dénouement est proche. Sauf que là, tu vois, c'est la vraie vie.

Aurore, qui n'était jamais à court de métaphores, lui répondit :

— Comme une Cocotte-Minute sous pression, il est temps que la vapeur s'échappe enfin ! Tiens, tiens, on dirait que maman est passée par là, n'est-ce pas, mon chéri ? s'amusa-t-elle, taquine, en désignant les bacs de fleurs.

Sans relever la dernière remarque de sa femme, Julien poursuivit ses réflexions.

— D'ailleurs, Liam nous avait en quelque sorte prévenus en nous donnant le tiki pour Michel.

Aurore, redevenue plus sérieuse, abonda :

— Exact, c'est dingue ça. Je me rappelle ses paroles, « Je souhaite du fond du cœur que ce tiki apporte la paix et la sérénité à ton grand-père et à ta famille », enfin quelque chose du genre quoi.

— Attends, cela me fait penser à un truc. Je reviens ! s'exclama Julien à brûle-pourpoint.

Julien se précipita à l'intérieur et disparut quelques instants dans le bureau. Il réapparut en agitant un dessin d'enfant qu'il tenait en main.

— Vois ça ! C'est Malé qui nous l'avait donné. Tu te rappelles ? À la naissance de Luce, en plein covid... Avec le recul, je m'en veux. Nous l'avions à peine regardé son dessin. On trouvait Malé si pénible à l'époque. À nous faire des crises la nuit alors que nous stressions pour Luce...

Aurore prit le dessin des mains de Julien pour l'examiner plus attentivement. Haussant les sourcils d'étonnement, elle s'exclama :

— Ah oui ! Je m'en souviens. Sa maîtresse nous avait expliqué combien il était renfermé sur lui à l'école. Et nous, nous n'avions pas compris, pas plus que nous ne lui avions demandé ce qu'il avait représenté. Ce dessin est si sombre, si déroutant de la part d'un gamin de cinq ans. Cette silhouette de femme si triste ; de grosses larmes jaillissent de son visage, comme d'une fontaine.

— Oui exactement, et regarde le décor autour d'elle ! renchérit Julien, emballé.

— Oui l'océan qu'elle fixe, désespérée, debout sur la plage, les bras ballants, les cheveux dans le vent.

— Et au loin à l'horizon ? Vois, un bateau qui s'en va avec une grosse fumée qui sort de sa cheminée !

Secouant le dessin comme s'il s'agissait d'une pièce à conviction, elle détailla :

— Mais bien sûr ! C'est l'enlèvement de Tiarehere et le désespoir de Mahana ! Malé a dessiné une scène qu'il n'a jamais vue, dont il n'a jamais entendu parler et qui s'est produite il y a plus d'un siècle !

— Incroyable, proprement incroyable, répéta Julien abasourdi en se frottant le menton de la main. Nous irons parler à Papi. Tu m'accompagnes ?

— Bien sûr, mon chéri, toujours à tes côtés. C'est notre histoire, celle de nos enfants. Cela explique peut-être les troubles du comportement de Malé à cette période. Dis, au fait, j'ai complété l'arbre généalogique avec la branche polynésienne !

Sur ce, arborant un large sourire, Aurore ouvrit son ordinateur portable afin de montrer à Julien les modifications qu'elle avait apportées.

— Ah, top, merci. Laisse-moi voir cela. Ah bien ! Tua, Liam, Bill, Carissa, leurs parents... Super ! Et je vois que tu as même pensé à mettre Victoire, la sœur cadette de Joseph. On l'avait zappée celle-là. Et également tes parents ! Excellent, on y voit bien plus clair à présent ! remercia Julien, très touché par l'implication d'Aurore. Mais bon, il reste encore des zones d'ombre dans tout ça...

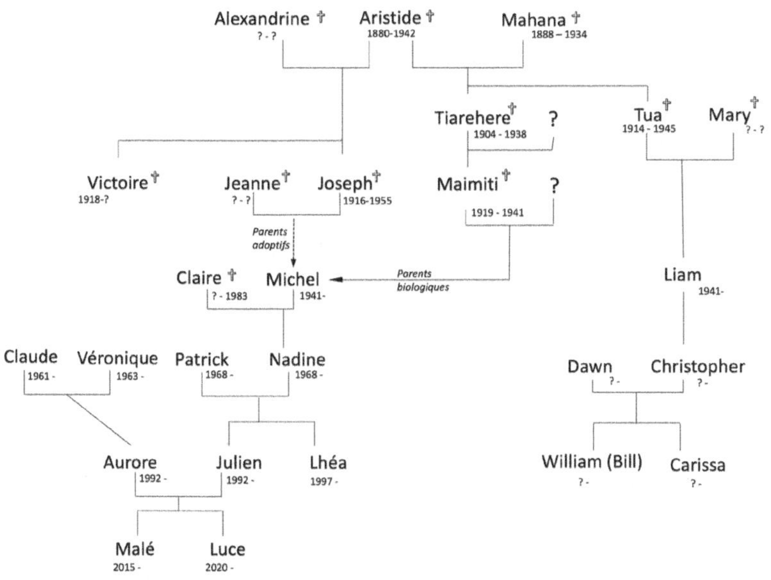

Arbre généalogique revu par Aurore

Déception amoureuse

1928

Rentré depuis huit ans en France avec Tiarehere et Maimiti, Aristide s'était installé dans une vie tranquille de rentier de province. Pas ses propres rentes pour sûr ; celles de son épouse Alexandrine dont il faisait un usage peu modéré pour satisfaire ses goûts dispendieux en particulier pour les jeux et les paris. Puiser dans le patrimoine de sa femme avait l'avantage significatif de ne pas s'endetter, comme dans le passé, auprès de prêteurs mesquinement attachés au remboursement de leurs créances.

Cependant, Aristide s'ennuyait. Avoir ramené sa fille et petite-fille de Tahiti lui avait apporté quelque temps de la distraction. Au fond, personne, y compris lui, ne voyait le véritable bénéfice de cette décision. Maintenant, elles étaient là, logées dans une aile isolée de sa propriété – plus précisément celle de sa femme Alexandrine. Tiarehere œuvrait comme domestique, toutefois, mise à l'écart par les autres membres du personnel de maison, elle n'apportait en réalité qu'une contribution modeste. La petite Maimiti était une vraie sauvageonne, toujours dans les jupes de sa mère, se traînant ici et là d'une allure maladive. De plus, il devait supporter leurs regards hostiles les rares fois où il les croisait. Bref, le seul point positif à leur présence était que cela contrariait grandement son épouse, ce qui somme toute, constituait une satisfaction notable pour Aristide.

Depuis que Raymond Poincaré avait été rappelé au pouvoir, les perspectives en France s'amélioraient. Car les années suivant la guerre avaient été difficiles. L'illusion que l'Allemagne rembourserait sa dette de guerre avait fait long feu. La république de Weimar s'était effondrée et la France, elle-même sous la pression des pays anglo-saxons, avait dû revoir ses prétentions de créancier à la baisse tout en conservant de lourdes dettes. Aristide avait craint pour son patrimoine, enfin celui de son épouse, qui déterminait son train de vie.

Alors qu'ils passaient encore une de ces soirées moroses, dans leur vaste salon assombri par d'immenses et lourdes tentures, Aristide, tel un prophète, déclara à son épouse :

— J'ai confiance en ce Poincaré. Avec son nouveau franc, il va redresser tout ça et remettre la France sur de bons rails.

Aristide décida alors de s'intéresser à la vie économique et financière. C'est pourquoi, depuis quelques semaines, il montait régulièrement à Paris pour rencontrer des personnes autrement plus avisées sur les sujets d'investissement que les petits notaires de province.

Lors de ses séjours parisiens, Aristide se plaisait à déambuler dans le quartier Montparnasse. Haut lieu du Tout-Paris des Années folles, l'ambiance mondaine, le luxe, les divertissements, le changeaient agréablement de sa mégère d'épouse, de ses deux gamins Joseph et Victoire à moitié abrutis, de ses deux boulets de Tahitiennes ingrates et de tous ces péquenauds de la campagne. Il profitait aussi des bonnes grâces de charmantes femmes galantes bien plus raffinées que ses grossières catins de sous-préfecture.

C'est en déjeunant un soir à La Coupole qu'Aristide tomba nez à nez avec Elsa Triolet. Il la reconnut sans la moindre hésitation. Le souvenir de leur rencontre en 1920 sur le navire pour Tahiti ne l'avait jamais quitté. Obsédé était même le mot adéquat tant il avait fantasmé sur cette jeune femme si singulière aussi intelligente que belle et au délicieux accent slave. Lui, si imbu de sa propre personne qu'il était généralement hermétique aux talents d'autrui, avait été séduit par cette ravissante jeune Russe, radieuse, aventureuse, polyglotte, cultivée et raffinée. Aristide ne comprenait pas qu'elle eût pu s'enticher de son rustre officier de mari. Huit ans avaient passé depuis la longue traversée du Pacifique où il avait déployé tous ses talents de séducteur pour la charmer. Cependant, à son grand regret, leurs échanges étaient restés platoniques.

Elsa était la femme qu'il méritait, celle qu'il rêvait de posséder. Et voilà qu'il la retrouvait à Paris. Un vrai signe du destin. Il l'aborda avec une inhabituelle timidité. La jeune femme le reconnut et lui sourit avec courtoisie. À l'évidence un autre signe. Ils échangèrent quelques mots. Aristide comprit qu'elle avait quitté André, son époux, dont elle avait néanmoins gardé le nom. *Elle est donc libre!* présuma-t-il. Son cœur battait la chamade. L'*innamoramento*. Pour la première de fois sa vie, Aristide tombait sincèrement amoureux. En état d'exaltation, dépossédé de sa capacité de réflexion, manquant de lucidité, il se sentait prêt à tout abandonner pour cette femme qui lui avait échappé longtemps auparavant.

Il trouva un prétexte pour rester plusieurs semaines à Paris. Sa décision ne contraria pas le moins du monde, ni Alexandrine, ni ses enfants. Il se passionnait pour la distinguée Russe, il dévorait les premiers écrits de la jeune écrivaine grâce à ses quelques rudiments de russe. Il prit une chambre dans l'hôtel où elle logeait rue Campagne-Première. Il la suivait le jour, l'espionnait la nuit. Aveuglé, égaré, il ne s'interrogeait pas le moins du monde sur la réciprocité de ses sentiments. Car Elsa, elle, avait pris ses distances. Elle n'appréciait guère cet importun en qui elle sentait une trouble personnalité dissimulée. Par ailleurs, elle fréquentait un milieu artistique où la présence d'Aristide s'avérait incongrue.

Malgré sa surveillance rapprochée, ce dernier ne remarqua pas l'idylle naissante entre la jeune femme et Louis Aragon. Il fut mis devant le fait accompli en voyant Elsa embrasser amoureusement le poète au milieu d'un groupe d'amis à La Coupole. Comme un ultime affront, à l'endroit même où Aristide l'avait revue quelques semaines plus tôt. L'amoureux éperdu resta pétrifié, abasourdi, stupéfait. Le choc, à la fois émotionnel et d'amour-propre, fut si brutal que sa déception amoureuse se mua quasi instantanément en une sourde fureur intérieure. Quelqu'un allait payer.

Aristide rentra au domaine à la nuit tombée. Ivre d'alcool et de colère, il ne voulait pas voir sa famille. Il passa par les dépendances, comptant bien trouver un domestique sur qui passer ses nerfs sous un prétexte quelconque. Il aperçut alors sa fille Tiarehere qui rentrait dans une grange. Pour une fois, la souillon était seule, sans sa satanée gamine dans les pattes. Personne alentour, les derniers verrous sautèrent dans le cerveau détraqué d'Aristide. Dans l'ombre, il suivit la jeune femme dans le bâtiment. Avec une rage inouïe, il fondit sur elle comme un prédateur sur sa proie. Transgressant tous les interdits, il assouvit sa soif de vengeance et de sexe en la violant bestialement. Repu, l'ignoble père abandonna sa victime, sa propre fille, sans un regard, sans le moindre mot. Hagarde, la pauvre jeune femme, meurtrie, souillée, ensanglantée, gisait face contre terre à moitié dénudée. Terrorisée, elle resta à même le sol de longues minutes sans bouger, sidérée par l'acte abominable et inconcevable qu'elle venait de subir.

Une affreuse vérité

14 juillet 2024

La date du 14 juillet avait été planifiée pour aller voir le grand-père. Ce jour de fête nationale ne revêtait pas de symbolique particulière, ce choix avait été simplement pragmatique. Michel était sorti de l'hôpital une semaine plus tôt et il avait eu besoin de repos chez lui. Personne n'avait voulu précipiter cette rencontre qui s'annonçait délicate.

Dans la voiture, la radio présentait les différents corps militaires paradant, pour la deuxième fois dans l'histoire du défilé, sur l'avenue Foch en raison des Jeux olympiques de Paris 2024. Aurore s'esclaffa, toujours un peu sarcastique.

— Dis, tu te rappelles son premier défilé du 14 juillet à Macron ? Ses relations avec la grande muette étaient tendues à l'époque...

— Oui, je me souviens. D'ailleurs, juste après le défilé, le chef d'état-major des armées s'était barré. Ça faisait un peu désordre pour un démarrage de mandat présidentiel...

— Grave ! Et cette manie d'inviter les soi-disant « grands de ce monde » à venir voir le spectacle, ça me gonfle sévère !

Aurore, fort énervée, bondissait sur son siège, heureusement celui du passager, poursuivant sa logorrhée.

— Et qui paye tout ce tralala ? C'est nous, c'est bibi ! On les invite avec nos impôts tous ces grands chefs. Par ici le tiroir-caisse... Non mais franchement, grave, pas vrai ? ajouta-t-elle, prise dans sa colère solitaire contre ce qu'elle estimait être des aberrations politico-diplomatiques.

— Oui bon je suis d'accord ma chérie, c'est abusé. Mais allez, là on arrive, on se calme, on se détend, on ne va quand même pas se prendre le chou pour ça, non ? conclut Julien en garant la voiture devant la maison de son grand-père.

Heureusement, la pression redescendit aussi vite qu'elle était montée. Aurore retrouva son calme en s'attardant dans l'allée fleurie du petit jardin. Lorsque Michel leur ouvrit sa porte, ils le découvrirent très amaigri et fatigué. Ces derniers mois avaient été très éprouvants et le grand-père en gardait les séquelles. Cependant, sa voix était ferme et enjouée. L'accueil était chaleureux, Michel avait même pris le temps de préparer son fameux poulet au curry qui embaumait toute la maison.

— Allez, rentrez les enfants, je vous en prie. J'ai mis une bouteille de champagne au frais. Je suis tellement content de vous revoir. Vous avez certainement plein de choses à me raconter. Et peut-être à me demander ?

Il ajouta cette dernière phrase un ton plus bas, cependant suffisamment fort pour que Julien perçût le sous-entendu. Il avait capté le message : son grand-père allait s'ouvrir.

— Merci, Grand-Père, répondit Aurore avec une sincère affection.

Avec lui, elle était passée en quelques mois de monsieur à Michel et enfin à Grand-Père. C'était une évidence que ces deux-là s'appréciaient depuis leurs premières rencontres.

— Merci, Papi, commença Julien. Oui, nous en avons des tas de choses à te raconter. Tout d'abord, tu as les affectueuses salutations de tous nos cousins d'Hawaï et en particulier de Liam. Laisse-moi te parler d'eux, ils sont fantastiques.

Tout en se délectant du poulet au curry, Julien et Aurore racontèrent leur séjour et les échanges qu'ils avaient eus avec Liam. Ils évoquèrent l'héroïsme de Tua, les exploits sportifs de Liam et de Carissa. Puis, trouvant les bons mots, ils ne lui cachèrent rien de la triste notoriété de son grand-père Aristide et du rapt de Tiarehere et de son enfant. Le regard de Michel s'attrista, mais il n'afficha aucune surprise quant à la sale réputation de son ancêtre. Il se racla fortement la gorge, sembla chercher ses mots et commenta :

— Qu'il avait arraché et enlevé sa fille et petite-fille à Mahana à Tahiti, ça je ne le savais pas. J'ignorais également que le deuxième enfant de Mahana était lui aussi son fils. En vérité, pour tout vous dire, cet homme était bien pire qu'un simple sale type.

Michel s'arrêta, le souffle court. Le regard dans le vide, ses paupières lourdes et fatiguées s'emplirent de larmes qui coulèrent le long de ses joues ridées. Il leva ses yeux humides vers le plafond, joignit ses mains, paumes étendues l'une contre l'autre, sur son visage, comme pour une supplique. À travers ce geste instinctif, telle une prière ancestrale, le vieil homme cherchait la force de continuer. Aurore et Julien furent imprégnés d'une forte émotion. Ils ne soufflaient mot, respectant le nécessaire silence. Michel oscilla la tête de gauche à droite puis chuchota, d'une voix basse et blessée traduisant sa souffrance :

— Vous savez, je n'ai pas fait que des choses bien dans ma vie. Je suis bien loin d'être un saint. J'ai fait mon lot de conneries. Cependant rien à voir avec cet homme. Cet Aristide que vous avez retrouvé. Lui, c'était un monstre. Une abomination. Affreux. Il a...

Michel marqua une pause, reprenant avec difficulté une respiration lourde, profonde et hachée.

— Cet homme, il... Il a commis des choses si terribles, des actes immondes, un mal incommensurable. Un crime, oui, un vrai crime... termina-t-il dans un râle mêlant désespoir et colère.

— Papi, ça va ? Arrête-toi si c'est trop dur. Tu sembles si épuisé, s'alarma Julien.

Michel se reprit et lâcha d'une traite :

— Ça va, merci, Julien. Non, j'ai besoin de parler. C'est une délivrance après tant d'années. Ces horreurs, ce n'est pas moi. J'ai tellement honte. Ce n'était pas à moi de porter cela. Ce que je vais vous dire est si invraisemblable, si horrible. Aristide était mon grand-père uniquement d'adoption. En réalité, tenez-vous bien, il était à la fois mon arrière-grand-père et mon père…

Après un silence de plusieurs secondes, Michel reprit :

— Oui, vous entendez bien, c'était aussi mon père… Cet être abject, immonde.

Aurore et Julien entendirent ces mots, mais leurs cerveaux n'arrivaient pas à les interpréter à la même vitesse. Ils répétaient intérieurement « *il était à la fois mon arrière-grand-père et mon père* ». Il leur fallut un certain temps pour comprendre et réaliser. Julien était comme assommé. Aurore reformula les derniers propos de Michel :

— Grand-Père, cet homme, cet Aristide était donc ton père biologique ? C'est bien ça que tu dis ?

— Oui, un infâme monstre, il n'y a pas d'autres mots. L'horreur absolue. Rendez-vous compte, il a violé sa propre petite-fille ! Sa petite-fille ! C'est inconcevable. Elle est tombée enceinte de son grand-père violeur. Je suis né de cette relation impensable et la malheureuse en est morte. Voilà la triste réalité. Je suis le produit d'un crime. Je suis le fils d'un monstre violeur et incestueux.

— Comment ? Comment est-ce possible ? Comment sais-tu tout cela ? interrogea Julien.

— Je vais tout vous dire. Accrochez-vous ! Je tiens ces informations de Jeanne, ma mère adoptive. Car c'est elle qui a pris soin de Maimiti, celle que tu as mise en lumière, Julien, à la fois la petite-fille et la proie de cet ignoble Aristide. La pauvre victime avait caché sa grossesse, ou peut-être s'agissait-il d'un déni de grossesse ? Comment savoir... Sa mère Tiarehere était déjà morte depuis quelques années. Maimiti n'avait personne à qui se confier, ni même à qui parler. C'est Maman, enfin Jeanne - oui, je continue à l'appeler Maman - qui s'en est aperçue. À l'époque, le couple Joseph et Jeanne vivait chez leurs parents, Aristide et Alexandrine. De ce que je sais, c'était une grande demeure, presque un château, où plusieurs familles pouvaient vivre ensemble. Comme souvent dans les familles bourgeoises aisées, les domestiques vivaient sur place. Maimiti et Tiarehere en faisaient d'ailleurs partie, mais toujours à l'écart.

— Et c'est Maimiti qui s'est confiée à Jeanne avant de mourir des suites de l'accouchement ? questionna Aurore.

— Oui, Jeanne avait suivi une rapide formation d'infirmière, enfin plutôt de secouriste, comme de nombreuses femmes en temps de guerre en support aux forces armées. Dans la panique et l'urgence, elle a pris les choses en main. Et, seule, elle était au côté de la toute jeune Maimiti pour me donner la vie. Malheureusement, elle n'a pas pu la sauver d'une hémorragie. C'était une sacrée femme, Maman. Avec Joseph, ils ont tout de suite pris la décision de m'adopter. Ce n'était pas celle d'Aristide ; lui voulait juste se débarrasser de moi pour effacer son crime. Il m'aurait mis devant une église ou dans une poubelle si Jeanne et Joseph ne lui avaient pas tenu tête.

— Et après, Papi ? Attends, je vais te chercher un verre d'eau, proposa Julien.

Michel le remercia et reprit après s'être désaltéré.

— Rappelez-vous, nous étions alors en 1941, en pleine occupation allemande. La confusion était totale... Jeanne et Joseph m'ont déclaré comme leur fils. Les circonstances du décès de Maimiti ont dû être dissimulées. Va savoir... Mes parents adoptifs sont partis loin d'Aristide. Pour fuir ce monstre et son épouse Alexandrine qui était tacitement complice de toutes ses horreurs. Il est d'ailleurs mort peu de temps après, en 1942. Mes parents m'ont élevé et aimé comme leur vrai fils. Toutefois, vous le savez bien, un secret suinte toujours. Je me suis posé des questions à l'enfance. Je ne leur ressemblais pas beaucoup, j'avais la peau mate, des traits sortant de l'ordinaire. On me faisait des réflexions à l'école. Je me suis toujours douté de quelque chose, cependant ils ne m'ont rien dit. Papa, enfin Joseph, est mort assez jeune, juste avant que j'embauche comme apprenti chez Renault en 1955. Je devais avoir dans les quatorze ans, lui trente-huit. À ma majorité en 1962 - eh oui vous n'avez pas connu, c'était à vingt et un an à l'époque -, Jeanne m'a raconté toute mon histoire. Ça a été un énorme choc pour moi. J'ai failli tout plaquer, disparaître, partir loin, tirer un trait, pour fuir cet héritage dramatique et nauséabond. Mais je ne pouvais pas laisser

Jeanne toute seule. Alors je suis resté. Voilà comment j'ai commencé à porter le fardeau de mon passé et le terrible patrimoine génétique de ce monstrueux père biologique.

— Et tu as effectué des recherches sur ta vraie mère Maimiti et Tiarehere ? renchérit son petit-fils.

— Pour être franc, non. Par facilité, par démission, par dégoût, pour ne pas affronter encore ces horreurs. Et puis Jeanne ne savait même pas où ni comment elles avaient été inhumées. Aucune tombe où se recueillir. Rien, aucun souvenir, aucune trace, pas le moindre petit bijou ou objet témoignant de leurs existences. Juste les quelques documents que tu as trouvés, Julien. Rappelez-vous qu'on parle des années 60-70. Je n'avais pas les moyens d'aujourd'hui. Il n'y avait pas internet. J'étais simple ouvrier, peu instruit. Oui, c'est vrai, je n'ai même rien tenté… Je le regrette maintenant. Je voulais passer à autre chose, enterrer tout ce passé. J'ai rencontré Claire, ta grand-mère, et ta mère est née. Jeanne est morte, tous les témoins de cette histoire avaient disparu. J'ai fait semblant d'oublier…

— Tu en as quand même parlé à Nadine, lui rappela Julien.

— Ah oui, ta mère ! Elle ne lâche rien celle-là, comme toi, sourit Michel. Nadine m'a tellement harcelé quand elle était adolescente que j'ai dû lui révéler que j'étais un enfant adopté. Elle avait trouvé ces vieilles photos de Mahana à Papeete. Mais toute la vérité, l'horrible réalité sur mon « vrai père » – j'ai du mal à utiliser ce mot pour ce monstre –, je lui ai dit il y a peu. En fait, lorsque tu es venu avec tes découvertes, Julien, je ne voulais pas remuer tout ça. J'étais en colère, vous l'avez bien vu. J'imagine combien cela a été déconcertant pour vous. J'ai été injuste envers vous, je le sais bien. Seule Nadine était dans la confidence. À ma demande insistante, elle aussi a tenté de faire barrage à vos investigations. Ce n'était pas son avis, mais elle respectait la parole qu'elle m'avait donnée.

— Oui, je comprends. Et effectivement, elle l'a tenue.

Michel reprit une gorgée d'eau, un léger sourire éclairait son visage à la pensée de l'engagement indéfectible de sa chère fille.

— Oui, trop bien peut-être ! Nadine m'a posé des questions auxquelles je n'ai pas de réponses. Quels autres crimes cette pourriture a-t-elle pu commettre ? Sa fille Tiarehere par exemple. Cela ne fait guère de doute qu'il l'ait également violée. Et de quoi, comment cette pauvre femme est-elle morte ? Nous ne le saurons jamais. Enfin, je suis content que vous ayez rencontré vos cousins polynésiens. Et mon oncle Tua ! Non mais quel héros ! S'être ainsi sacrifié pour les autres, l'absolu contraire de son père. Je suis si honoré d'être son neveu. Vous voyez, il y a quelque part du bon dans tout ce mal.

À ces mots, Julien estima que c'était le bon moment pour remettre à son grand-père le cadeau de Liam.

— Liam nous a remis ceci pour toi. C'est un tiki de Tahiti. Il lui venait de son père Tua qui, lui-même, le tenait de Mahana.

Michel, très ému, prit l'insolite tiki entre ses mains. Fasciné, il l'observa un long moment comme s'il y décryptait un mystère. Il ferma les yeux. En communion avec l'étrange objet, il était le receveur d'un message silencieux, intime et personnel. Son regard irradiait la quiétude lorsqu'il souleva ses paupières et revint à Aurore et Julien pour les remercier.

— Merci à vous deux. Je connais l'importance des tikis dans la culture polynésienne. C'est un présent de grande valeur, un don magnifique, celui d'un frère.

— Et Liam l'avait accompagné de très belles paroles. Il nous souhaitait à tous de trouver la paix et la sérénité à présent.

— Vous comprenez pourquoi j'étais aussi réticent à vos recherches qui allaient exhumer toutes ces horreurs. J'en avais tant honte ! Et pourtant, je sais bien que je n'en suis absolument pas responsable. Alors que j'en étais victime, je développais de la culpabilité. Et pour finir, vous avez eu bien raison de vous y engager. Il n'y a pas de bon secret. D'une certaine façon, cet Aristide, ses crimes, nous hantaient tels des fantômes depuis des décennies. Par vos actions, et grâce à ces messages que vous m'avez fait parvenir, je suis en paix avec mon passé maintenant. Et si je le suis alors vous l'êtes tous également. Nous portions tous inconsciemment les traumatismes de ce douloureux passé.

Aurore songea à Malé et à son dessin d'une femme en pleurs regardant un bateau partir au loin.

— Oui, c'est si vrai, chuchota-t-elle, en s'entortillant une mèche de cheveux de ses doigts fins.

Sur le trajet du retour, Julien et Aurore restèrent pensifs, très émus par les terribles révélations de Michel sur les tristes destinées de Tiarehere et Maimiti.

— Heureusement, les temps ont changé, exprima Julien. La parole s'est libérée dans nos sociétés. De tels drames ne seraient plus possibles aujourd'hui.

— Détrompe-toi, Julien. Regarde l'actualité, la pédocriminalité, les féminicides. Et ces gamines de treize ou quatorze ans, manipulées, abusées, violées par des hommes vingt ou trente ans plus âgés usant de leur pouvoir, leur prétendu prestige d'écrivains ou de réalisateurs… Et tous ces gamins eux aussi abusés par des prêtres qui ont été couverts si longtemps par leur hiérarchie et l'Église… Et dans les autres sociétés encore plus patriarcales ? Ces jeunes filles, mutilées par excision dans d'atroces souffrances ? C'est un immense combat qui ne fait que commencer.

En arrivant à la maison, les deux parents se précipitèrent vers Malé et Luce. Ils les embrassèrent, les serrèrent dans leurs bras. Luce était heureuse comme tout. Malé, lui, affichait sa surprise, presque gêné par cet inhabituel débordement de tendresse.

— Que se passe-t-il, Papa et Maman ? Vous êtes bizarres d'un seul coup.

— Tout va bien, mes chéris, on vous aime, c'est tout, répondit Aurore.

— Oui, on vous aime tellement fort, ajouta Julien.

Le couple de parents avait compris qu'il devait communiquer avec ses enfants. Mais quand ? Comment ? Avec quels mots ? Avec quelles images ? Ils avaient dorénavant quelques clefs pour comprendre les différents troubles que Malé avait manifestés alors qu'il avait cinq ou six ans. Ils culpabilisaient de ne pas avoir été alors plus attentifs. Ils n'y avaient vu que l'expression de jalousie déclenchée par l'arrivée de sa petite sœur.

Julien se souvint également de ses propres cauchemars, de son extrême timidité envers les filles, de sa peur de les aborder, de ne pas les comprendre, de leur faire du mal lorsqu'il était adolescent et même jeune adulte.

Crimes en série

1938

Tiarehere voyait bien que son salaud de père, puant l'alcool, souvent imbibé, tournait maintenant autour de sa fille Maimiti. La posséder elle, sa propre fille, ne suffisait plus à cette crevure. Pourtant, depuis tant d'années, il venait la violer dès que l'envie lui prenait. Au début, elle avait résisté puis elle avait renoncé. Le combat était bien trop inégal. Elle n'était rien, elle vivait recluse avec sa fille comme des moins-que-rien dans une misérable dépendance de cette affreuse demeure, à l'écart du reste des employés de maison. De toute façon, qui leur serait venu en aide ? Tous les autres domestiques les méprisaient. Ils vivaient par et pour cette famille de fous. *Le chien ne mord pas la main de celui qui le nourrit.* Quant à Alexandrine, la femme d'Aristide, elle n'était évidemment pas dupe. Son mari se cachait à peine, elle l'avait même surprise, le sexe à l'air venant de terminer son affaire et n'avait fait que lui jeter un regard dédaigneux. Il était bien plus facile de se taire, d'ignorer plutôt que de déclencher un scandale qui l'aurait éclaboussée.

Tiarehere, qui avait été arrachée à sa mère, à sa famille et à son amoureux, dix-huit ans auparavant, était maintenant une femme marquée par les épreuves de la vie. D'un paradis insulaire, elle était passée à l'enfer. Dix-huit ans de souffrance depuis qu'elle s'était réveillée avec son bébé Maimiti, enfermées dans la cabine d'un navire. Lorsqu'elle vit son père leur apporter à manger, elle comprit qu'il avait fomenté leur enlèvement et qu'elles étaient ses prisonnières. La jeune mère ne se souvenait que trop bien de lui lorsqu'elle était une enfant. Déjà à l'époque c'était une mauvaise personne qu'elle évitait. Il était effrayant et brutal. Souvent saoul, il hurlait comme un démon et battait violemment sa mère Mahana. Du jour au lendemain, il avait miraculeusement disparu au grand soulagement de toute la famille. Personne n'avait cherché à le retrouver. Elle avait alors vécu des moments heureux et paisibles auprès de sa mère et de sa grande tribu maohie. Devenue femme, elle avait donné naissance à Maimiti d'une relation d'amour avec un cousin éloigné. La petite fille avait été accueillie naturellement et avec joie au sein du clan familial.

Un matin, alors qu'elle se promenait seule avec la petite près de la plage, quelques hommes s'étaient approchés d'elles sans bruit. Le rapt avait été rapide et brutal. Elle avait été droguée et ne se réveilla qu'au beau milieu de l'océan. C'était trop tard. Seule avec son bébé, enfermée dans une cabine exiguë, maîtrisant mal le français, elle assimila qu'elle et sa fille étaient dorénavant à la merci de cet homme terrifiant. Elle sentait en lui un esprit démoniaque. Sans aucun doute, il n'aurait pas hésité à la jeter à la mer, elle et son bébé. Pauvre petite Maimiti ; elle avait bien cru perdre la fragile enfant pendant les interminables semaines de ce long voyage vers l'autre bout du monde. Elles étaient arrivées en France où il les avait installées dans une dépendance isolée de sa grande propriété. La maîtresse des lieux, Alexandrine, l'épouse de son père, était une mégère qui la méprisait et faisait tout pour l'éviter. Bien qu'utilisée comme domestique, Tiarehere n'avait quasiment pas de contact avec les autres membres du personnel de maison. Sa couleur de peau, le mystère de ses origines - dont elle avait interdiction de parler -, avaient contribué à développer de la méfiance et intensifier les préjugés. Seul Joseph, le fils d'Alexandrine et d'Aristide, qui s'ignorait demi-frère de sang, lui témoignait une forme de sympathie. Cependant, comme les autres, il redoutait son affreux père.

Les années d'un calvaire quotidien s'étaient alors égrainées pour Tiarehere, esclave de cette famille et objet sexuel de ce père ignoble qui venait régulièrement la violer dans sa chambre isolée. Elle avait bien essayé de contacter sa mère en Polynésie, mais sans succès. Sa bouée de survie était sa fille Maimiti. Son amour, sa vie. Elle avait su jusqu'alors la protéger. Seulement, ce soir, c'était Maimiti que cet ivrogne démoniaque, ce terrible prédateur sexuel, voulait déflorer. Comme on profite de son bien, de sa chose, de sa propriété, il venait chercher son dû. Lorsque le monstre arriva dans la chambre située à l'étage, Tiarehere, protégeant sa fille de tout son corps frêle, hurla :

— Non, vous ne toucherez pas à Maimiti ! Prenez-moi tant que vous voulez, mais épargnez-la. C'est votre petite-fille !

— Espèce de salope, pour qui te prends-tu donc ! J'ai été très patient. Ce n'est plus une gamine même si elle en a l'air. Elle a presque vingt ans maintenant. Toi ? Tu n'es plus bonne à grand-chose. Enfin, plus à ça en tout cas. Maintenant ça suffit, laisse-moi passer et va donc attendre dans la remise, grogna-t-il furieux de cette opposition.

Bien qu'adulte, Maimiti était de petite taille. De loin, on la prenait pour une enfant, du moins pour ceux qui la voyaient, car elle sortait peu, toujours dans l'ombre de sa mère. Malgré toute l'attention de Tiarehere, elle avait souffert de carences. Cela s'ajoutait à sa détresse psychologique depuis son enfance, elle était toujours voûtée, repliée sur elle, comme pour se faire oublier.

Tiarehere ne cédait pas, agrippée aux montants de la porte, bloquant de toutes ses forces l'accès de la chambre à la brute. Pris de rage, usant de toute sa force, Aristide la frappa sauvagement au visage et l'extirpa avec une grande violence hors de l'embrasure. Arrachée par la brute qui pesait deux fois son poids, Tiarehere fut projetée dans l'escalier par-delà un petit palier. Éjectée sans pouvoir se retenir, elle tomba comme une masse, dégringolant de marche en marche, cognant les murs, heurtant la rambarde. Sa terrible chute se termina par un bruit sourd et sinistre lorsque sa tête heurta l'énorme pilier en bas de l'escalier. Un terrible silence se fit, suivi du cri déchirant de Maimiti qui se précipita vers sa mère. Telle une suppliciée qu'elle avait été, Tiarehere gisait en bas, son corps faisant des angles étranges sur le sol en pierre. Sa nuque avait été brisée pendant la chute. La pauvre femme était morte sur le coup, victime de la violence insensée de son monstrueux géniteur.

Aristide avait subitement dessaoulé devant l'ampleur du drame. Il reprit vite ses esprits. Habitué aux situations d'urgence lorsqu'il s'agissait de sauver sa peau, il fit passer son crime pour un malheureux accident. La pauvre aura été victime d'une mauvaise chute en voulant sortir dans le noir. Alexandrine ne posa aucune question. Elle n'allait pas regretter la disparition de celle qu'elle avait toujours appelée la *batarde*. Leur fils Joseph, qui était absent au moment du drame, eut bien quelques soupçons, mais il n'avait pas le courage d'affronter son père.

Ce jour-là, Tiarehere avait sauvé sa fille en y laissant la vie. Mais ce crime odieux n'avait pas rassasié le monstre pour autant. Il n'avait pas renoncé à ses atrocités perverses, ses désirs incestueux, à ses ultimes interdits. Cela arriva à peine quelques semaines plus tard, sans que personne ne pût protéger Maimiti. À quelques mètres de l'endroit même où il avait tué sa fille, il viola sa propre petite-fille, la déflorant avec une excitation insensée. Par veulerie pour la plupart, par intérêt pour certains, par cruauté pour son épouse, le criminel bénéficia d'une totale impunité pour commettre ses crimes, contribuant à les banaliser dans son esprit détraqué. Ainsi, durant des mois et des années, il fit de sa pauvre victime, comme de sa mère auparavant, son esclave sexuelle.

Un hommage éclairant

20 août 2024

Près d'un an après l'accident de Julien, à l'occasion des vacances d'été, toute la tribu se retrouvait réunie chez le grand-père Michel. L'ambiance avait bien changé au sein de la famille, tout comme dans le pays. Les Jeux olympiques avaient remonté le moral des Français, après le psychodrame politique national des deux précédents mois.

Les trois générations s'embrassaient avec chaleur et affection. Quel contraste avec la dernière grande réunion familiale ! Les informations sur le passé, même les plus affreuses, avaient été partagées sans jugement et avec toute la bienveillance dont Michel avait besoin. Patrick lui-même, depuis toujours un peu distant avec son beau-père, se laissait aller à des marques d'affection que ce dernier recevait avec bonheur et réconfort.

Liam avait vu juste. Le tiki, son présent symbolique avec sa force mystérieuse, avait apporté la paix à cette famille.

Ensemble, ils avaient fait face à ce douloureux passé avec dignité et avaient balayé la honte d'avoir un ancêtre si répugnant. Pas pour l'oublier, mais pour le mettre à sa juste place... Derrière eux, pour mieux aller de l'avant !

Après les embrassades, Michel les invita à passer dans la véranda. Ils y découvrirent, entouré d'une discrète végétation, un bel autel de pierre. Joliment encadré, s'y trouvait le dessin de Malé, témoignage anachronique du terrible enlèvement. Au centre se trouvait l'emblématique statuette tahitienne, irradiée par les flammes de trois belles bougies allégoriques.

Calme, serein, détendu malgré l'immense émotion qui l'étreignait, Michel prit la parole d'une voix claire, à peine chevrotante :

— Vous toutes et tous. Ma très chère famille. Je vous remercie de votre présence aujourd'hui. Vous n'entendrez pas de longue homélie, ni d'éloge funèbre. Non, je tenais juste, avec vous tous réunis, à rendre un sincère et profond hommage à ces trois magnifiques femmes, Mahana, Tiarehere et Maimiti. Toutes les trois ont été les innocentes et injustes victimes d'une barbarie familiale. Toutes trois ont subi les actes pervers et monstrueux de ce prédateur sexuel qu'était Aristide. Je ne les ai pas connues. Par honte, par culpabilité, peut-être aussi par lâcheté, par facilité, j'ai même fui leurs souvenirs jusqu'à ces derniers mois. Grâce à vous, j'ai compris que je leur devais, que je me devais, que je vous devais de réconcilier ce terrible passé avec notre présent. Je me sens enfin libéré d'un fardeau que j'ai trop longtemps porté. Mahana, Tiarehere et enfin Maimiti, ma vraie mère, merci. Du fond du cœur, merci à toutes les trois. Je vous dois la vie. Nous tous ici présents sommes réunis grâce à vous. Je vous aime. Vous tous, mes chers enfants, je ne vous remercierai jamais assez pour votre soutien et votre patience. Vous m'avez apporté la lumière et la paix…

Le visage de Michel rayonnait. Il eut alors un sourire fugace que Julien trouva étrange et insondable. Le grand-père posa son regard sur les trois cierges. Acquiesçant la louange, illuminant l'autel, les flammes se grandissaient, dansaient, témoignant de la métamorphose éternelle de la naissance à la mort. Ce court discours exprimait, avec justesse et émotion, ce que l'intime assistance ressentait. Ils s'enlaçaient, s'étreignaient, s'embrassaient, émus par les propos du grand-père.

En aparté, Michel remit à Julien une lettre fermée et cachetée.

— Mon petit Julien, c'est pour Liam. Ce que je lui ai écrit est très personnel. Je te demande de lui envoyer à Hawaï sans me poser de question s'il te plaît, précisa le grand-père avec un regard singulier.

Opinant du chef, sans commenter, Julien prit la missive avec un air interrogateur traduisant son malaise. Il se reprit et chassa de son esprit le sentiment trouble qui l'avait envahi quelques secondes. Il repensa aux destins tragiques de ces trois femmes. Leurs vies de souffrance qui, à la réflexion, se trouvaient à l'origine de son propre bonheur et celui de ses proches.

Son grand-père était retourné auprès des autres membres de la famille. Julien resta à l'écart, debout, avec dans ses mains cette lettre au contenu mystérieux qui lui avait été étrangement confiée. Ses pensées cheminaient, revenant aux circonstances énigmatiques qui avaient permis de rendre une justice posthume à ces femmes martyres.

Il revécut alors mentalement son accident de scooter. De fait, c'était la collision avec cet autre qui avait été le déclencheur de l'enquête menée avec Aurore, et qui avait abouti à toutes ces révélations. Observant sa femme qui bataillait dans la cuisine pour faire manger leurs enfants, il savourait plus que jamais son bonheur de vivre avec elle.

Soudain, flash dans son cerveau et Julien comprit. Il réalisa que l'homme qu'il avait renversé n'était ni un sosie ni un jumeau ou un improbable clone. Non, ce qu'il avait percuté et anéanti ce jour-là, c'était l'image d'un destin. La triste destinée qui aurait été la sienne si, treize ans auparavant, il ne s'était pas arrêté à ce feu rouge.

Notes de l'auteur

L'histoire ainsi que les personnages de ce roman sont fictifs. Les évènements historiques évoqués ont en revanche bien existé ; les lieux mentionnés également - hormis un seul.

L'effet papillon. À l'origine, cette expression est une image utilisée par le scientifique météorologue Edward Lorenz lors d'une conférence scientifique en 1972 dans le cadre de ses travaux sur la prédictibilité, « le battement d'ailes d'un papillon au Brésil peut-il provoquer une tornade au Texas ? ». Cette métaphore, scientifique à la base, a été notamment popularisée par un film de 2004, *The Butterfly Effect*. L'auteur l'a utilisée comme élément du roman pour distinguer deux possibles destins d'un même personnage (Julien/Juju) lors du passage d'un feu de circulation au rouge.

Le roman s'appuie également sur la notion de fantômes familiaux issue de la psychanalyse transgénérationnelle. Comment des traumatismes peuvent se transmettre de génération en génération ? Pourquoi faut-il parfois regarder dans l'histoire de ses ancêtres pour trouver des réponses à des maux d'aujourd'hui ? Au début du roman, Julien rencontre des difficultés relationnelles, notamment avec les filles, avant son heureuse rencontre avec Aurore. Son fils, le petit Malé, lui, a des angoisses nocturnes, des troubles du comportement et il s'exprime à travers des dessins étonnants. Ne portent-ils pas en eux la mémoire des drames du passé ?

Pour me contacter

Instagram : @ericneveu_auteur
ericneveuauteur@gmail.com

Remerciements

Mes plus profonds remerciements vont à mon épouse Christiane pour ses encouragements à écrire, l'inspiration qu'elle m'a transmise et ses précieux conseils.

Je remercie également Marine, Lélia, Maya, Lucine, Laure, Soan, Muriel, Didier et Jean pour leur attentive relecture, les pertinentes remarques et corrections apportées au manuscrit initial.

J'exprime également ma sincère reconnaissance à Sophie (sophiedorecorrectrice.com) et à Emmanuelle (plume-en-main.com) pour leur expertise et leurs recommandations de grande valeur.

Bien qu'il s'agisse d'une œuvre de fiction, j'ai puisé quelques traits de personnalité et des anecdotes au sein de mon entourage familial et amical. J'ai à cœur de leur témoigner ma sincère et profonde affection et de saluer la mémoire de celles et ceux malheureusement disparus.

J'ai aussi eu la chance de croiser des personnes qui m'ont permis de mesurer combien il est important pour chacun de libérer sa créativité. Je leur en sais gré, car ce sont autant d'invitations qui ont contribué à mon passage à l'acte d'écriture.

Table des matières

Printed in France by Amazon
Brétigny-sur-Orge, FR

29842168R00157